La Bhagavad-Gîtâ

LA
Bhagavad-Gîtâ

(LE CHANT DU BIENHEUREUX)

TRADUIT DU SANSCRIT

PAR

ÉMILE BURNOUF

TROISIÈME ÉDITION

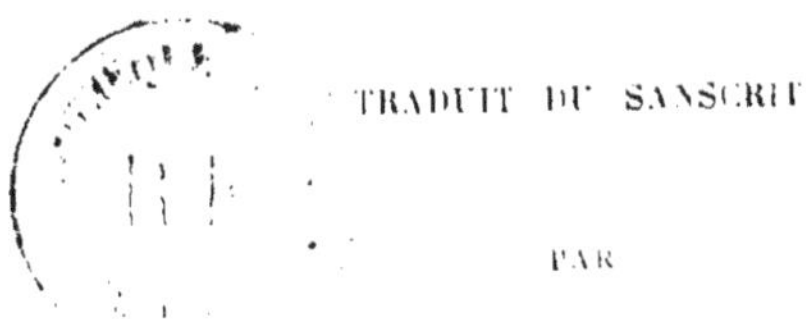

PARIS

LIBRAIRIE DE L'ART INDÉPENDANT

10, RUE SAINT-LAZARE, 10

—

1895

PRÉFACE

Ce livre est probablement le plus beau qui soit sorti de la main des hommes. Jamais on n'a énoncé avec plus de force l'Unité du principe absolu des choses, essence et point culminant de la philosophie indienne. De là découle une morale qu'on n'a point surpassée, morale non seulement théorique, mais pratique par excellence, unissant les plus nobles affections de la nature humaine à la loi stoïque du désintéressement.

Il faut lire ce petit livre et s'en nourrir. Nous en avons le plus grand besoin.

Nos sociétés modernes, prétendues chrétiennes, sont fondées sur l'égoïsme, sur l'égoïsme le plus étroit, l'intérêt. Ce qui meut les hommes d'aujourd'hui, ce qui les groupe ou les précipite les uns contre les autres, c'est l'intérêt personnel. Rarement l'amour du bien pour lui-même est leur mobile.

On veut jouir de la vie et l'on ne veut

pas être troublé dans cette jouissance. Les concessions faites aux déshérités ont pour but de les apaiser, non de les élever à une vie supérieure.

Nos grandes révolutions ont été des explosions populaires contre l'égoïsme du passé. Elles ont substitué la multitude au petit nombre et déchaîné toutes les convoitises. Elles n'ont pas introduit un nouveau principe de morale publique et de vertu privée.

Cette règle d'action qu'on n'a point proclamée se nomme la loi du sacrifice. On ne veut rien sacrifier ; on veut tout acquérir ou tout garder.

Par cette absence du principe moral, nos sociétés vont droit à leur perte. Ni les sciences, ni l'industrie, ni le commerce ne les sauveront ; cela n'a pas sauvé les sociétés antiques. Celles-ci ont été tuées par le principe chrétien, qui depuis lors a été expulsé à son tour de nos lois et de nos mœurs.

Qu'on lise donc ce petit livre. On verra qu'il y a eu des hommes pensant mieux que nous et qui ont tracé la voie du salut.

Un mot sur ce chant. Bhagavad, c'est Krishna, 10⁰ incarnation de Vishnou. La religion qui porte son nom est, dans l'Inde, une des dernières venues ; elle a de grandes analogies avec celles du Bouddha et du

Christ. Le poëme se rattache comme épisode au Mahâbhârata; il comprend dix-huit chapitres ou lectures. Son texte contient un certain nombre de termes propres à la philosophie indoue et que plusieurs personnes emploient sans les traduire. Notre langue n'en a peut-être pas qui leur correspondent exactement; mais elle peut rendre les mêmes idées avec une approximation suffisante. D'ailleurs le devoir d'un traducteur est d'être intelligible pour ceux qui ne sont pas initiés. Ceux donc qui voudront pénétrer plus avant dans les doctrines brahmaniques recourront à d'autres textes et ne s'en tiendront pas à la Bhagavad-gîtâ. Que cela soit notre excuse pour des défauts inhérents à toute traduction.

E. B.

॥ ॐ ॥

ÔM !

La Bhagavad Gîtâ

ôm !

I

TROUBLE D'ARJUNA

Dhritaráshtra

1. Nos soldats et les fils de Pàndu (1), rassemblés pour combattre dans le champ saint de Kuruxétra, qu'ont-ils fait, Sanjaya ?

Sanjaya

2. A la vue de l'armée des Pàndus rangés en bataille, le roi Duryôdhana s'approcha de son maître et lui dit :

3. « Vois, mon maître, la grande armée des fils de Pàndu rangée en ligne par ton disciple, le fils habile de Drupada.

4. Là sont des héros aux grands arcs.

1. En sanscrit *u* se prononce *ou*.

tels que Bhima et Arjuna dans la bataille, Yuyudhâna, Virâta et Drupada au grand char,

5. Drishtakéta, Tchékitâna et le vaillant roi de Kâci, Purujit, Kuntibôja et le prince Çaivya,

6. Le valeureux Yudhâmanyu et l'héroïque Uttamaujas, les fils de Subhadrâ et de Draupadî, tous montés sur de grands chars.

7. Regarde aussi les meilleurs des nôtres, ô excellent brâhmane ; je vais te nommer ces chefs de mon armée, pour te faire souvenir d'eux :

8. Toi d'abord, puis Bhishma, Karna et Kripa le victorieux, Açvatthâma, Vikarna, le fils de Sômadatta,

9. Et tant d'autres héros qui pour moi livrent leur vie ; ils combattent de toutes armes et tous connaissent la guerre.

10. Sous la conduite de Bhishma nous avons une armée innombrable ; mais la leur, à laquelle Bhima commande, peut être comptée.

11. Que chacun de vous, dans les rangs, garde la place qui lui est échue, et tous défendez Bhishma. »

12. Pour animer les cœurs, le grand aïeul des Kurus poussa un cri semblable au rugissement du lion et sonna de la conque.

13. Et aussitôt conques, fifres, tymbales et tambours résonnent avec un bruit tumultueux.

14. Alors, debout sur un grand char attelé de chevaux blancs, le meurtrier de Madhu et le fils de Pându enflèrent leurs conques célestes.

15. Le guerrier aux cheveux dressés enflait la Gigantesque ; le héros vainqueur des richesses la Divine ; Bhima Ventre-de-Loup, aux œuvres terribles, enflait la grande conque de Roseau ;

16. Le fils de Kuntî, Yudhishthira, tenait la Triomphante ; Nakula et Sahadéva portaient la Mélodieuse et la Trompe de pierreries et de fleurs ;

17. Le roi de Kâci au bel arc et Cikhandin au grand char, Drishtadyumna, Virâta et Sâtyaki l'invincible,

18. Drupada et tous les fils de Draupadî et les fils de Subhadrâ, aux grands bras, enflèrent chacun leur conque.

19. Ce bruit, qui déchirait les cœurs des

fils de Dhritaràshtra, faisait retentir le ciel et la terre.

20. Alors les voyant rangés en bataille, et quand déjà les traits se croisaient dans l'air, le fils de Pàndu dont l'étendard porte un singe, prit son arc,

21. Et dit à Krishna : « Arrête mon char entre les deux armées.

22. Pour que je voie contre qui je dois combattre dans cette lutte meurtrière,

23. Et pour que je voie quels sont ceux qui se sont rassemblés ici prenant en main la cause du criminel fils de Dhritaràshtra. »

Sanjaya.

24. Interpellé de la sorte par Arjuna, Krishna, à la chevelure hérissée, arrêta le beau char entre les deux fronts de bataille;

25. Et là, en face de Bhishma, de Drôna et de tous les gardiens de la terre, il dit : « Prince, vois ici réunis tous les Kurus ».

26. Arjuna vit alors devant lui pères, aïeux, précepteurs, oncles, frères, fils, petits-fils, amis,

27. Gendres, compagnons, partagés entre

les deux armées. Quand il vit tous ces parents prêts à se battre, le fils de Kunti,

28. Ému d'une extrême pitié, prononça douloureusement ces mots :

Arjuna.

O Krishna, quand je vois ces parents désireux de combattre et rangés en bataille,

29. Mes membres s'affaissent et mon visage se flétrit ; mon corps tremble et mes cheveux se dressent ;

30. Mon arc s'échappe de ma main, ma peau devient brûlante, je ne puis me tenir debout et ma pensée est comme chancelante.

31. Je vois de mauvais présages, ô guerrier chevelu, je ne vois rien de bon dans ce massacre de parents.

32. O Krishna, je ne désire ni la victoire, ni la royauté, ni les voluptés ; quel bien nous revient-il de la royauté ? quel bien, des voluptés ou même de la vie ?

33. Les hommes pour qui seuls nous souhaiterions la royauté, les plaisirs, les richesses, sont ici rangés en bataille, méprisant leur vie et leurs biens ;

34. Précepteurs, pères, fils, aïeux, gendres, petits-fils. beaux-frères, alliés enfin.

35. Dussent-ils me tuer, je ne veux point leur mort, au prix même de l'empire des trois mondes ; qu'est-ce à dire, de la terre ?

36. Quand nous aurons tué les fils de Dhritaràshtra, quelle joie en aurons-nous, ô guerrier ? Mais une faute s'attachera à nous si nous les tuons, tout criminels qu'ils sont.

37. Il n'est donc pas digne de nous de tuer les fils de Dhritaràshtra, nos parents : car en faisant périr notre famille, comment serions-nous joyeux, ô Màdhava ?

38. Si, l'âme aveuglée par l'ambition, ils ne voient pas la faute qui accompagne le meurtre des familles et le crime de sévir contre des amis,

39. Est-ce que nous-mêmes ne devons pas nous résoudre à nous détourner de ce péché, quand nous voyons le mal qui naît de la ruine des familles ?

40. La ruine d'une famille cause la ruine des religions éternelles de la famille ; les religions détruites. la famille entière est envahie par l'irréligion :

41. Par l'irréligion. ô Krishna, les fem-

mes de la famille se corrompent ; de la corruption des femmes, ô Pasteur, naît la confusion des castes ;

42. Et, par cette confusion, tombent aux enfers les pères des meurtriers et de la famille même, privés de l'offrande des gâteaux et de l'eau.

43. Ainsi, par ces fautes de meurtriers des familles, qui confondent les castes, sont détruites les lois religieuses éternelles des races et des familles ;

44. Et quant aux hommes dont les sacrifices de famille sont détruits, l'enfer est nécessairement leur demeure. C'est ce que l'Écriture nous enseigne.

45. Oh ! nous avons résolu de commettre un grand péché, si par l'attrait des délices de la royauté nous sommes décidés à tuer nos proches.

46. Si les fils de Dhritarâshtra, tout armés, me tuaient au combat, désarmé et sans résistance, ce serait plus heureux pour moi. »

Sanjaya.

47. Ayant ainsi parlé au milieu des armées, Arjuna s'assit sur son char, laissant échapper son arc avec la flèche, et l'âme troublée par la douleur.

II

YOGA DE LA SCIENCE RATIONNELLE

Sanjaya.

1. Tandis que, troublé par la pitié et les yeux pleins de larmes, Arjuna se sentait défaillir, le meurtrier de Madhu lui dit :

Le Bienheureux Krishna.

2. D'où te vient, dans la bataille, ce trouble indigne des Aryas, qui ferme le ciel et procure la honte, Arjuna ?

3. Ne te laisse pas amollir ; cela ne te sied pas ; chasse une honteuse faiblesse de cœur, et lève-toi, destructeur des ennemis.

Arjuna.

4. O meurtrier de Madhu, comment dans le combat lancerai-je des flèches contre Bhishma et Dróna, eux à qui je dois rendre honneur ?

5. Plutôt que de tuer des maîtres vénérables, il vaudrait mieux vivre en ce monde de pain mendié ; mais si je tuais même des maîtres avides, je vivrais d'un aliment souillé de sang.

6. Nous ne savons lequel vaut mieux de les vaincre ou d'être vaincus par eux. Car nous avons devant nous des hommes dont le meurtre nous ferait haïr la vie : les fils de Dhritarâshtra.

7. L'âme blessée par la pitié et par la crainte du péché, je t'interroge : car je ne vois plus où est la justice. Quel parti vaut le mieux ? Dis-le-moi. Je suis ton disciple : instruis-moi ; c'est à toi que je m'adresse.

8. Car je ne vois pas ce qui pourrait chasser la tristesse qui consume mes sens, eussé-je sur terre un vaste royaume sans ennemis et l'empire même des Dieux.

Sanjaya.

9. Quand il eut adressé ces mots à Krishna et lui eut dit « je ne combattrai pas, » le guerrier Arjuna demeura silencieux.

10. Mais tandis qu'entre les deux armées

il perdait ainsi courage, Krishna lui dit en souriant :

Le Bienheureux.

11. Tu pleures sur des hommes qu'il ne faut pas pleurer, quoique tes paroles soient celles de la sagesse. Les sages ne pleurent ni les vivants ni les morts ;

12. Car jamais ne m'a manqué l'existence, ni à toi non plus, ni à ces princes ; et jamais nous ne cesserons d'être, nous tous, dans l'avenir.

13. Comme dans ce corps mortel sont tour à tour l'enfance, la jeunesse et la vieillesse ; de même, après, l'âme acquiert un autre corps ; et le sage ici ne se trouble pas.

14. Les rencontres des éléments qui causent le froid et le chaud, le plaisir et la douleur, ont des retours et ne sont point éternelles. Supporte-les, fils de Kunti.

15. L'homme qu'elles ne troublent pas, l'homme ferme dans les plaisirs et dans les douleurs, devient, ô Bhârata, participant de l'immortalité.

16. Celui qui n'est pas ne peut être, et

celui qui est ne peut cesser d'être ; ces deux choses, les sages qui voient la vérité en connaissent la limite.

17. Sache-le, il est indestructible, Celui par qui a été développé cet univers : la destruction de cet Impérissable, nul ne peut l'accomplir ;

18. Et ces corps qui finissent procèdent d'une Ame éternelle, indestructible, immuable. Combats donc, ô Bhàrata.

19. Celui qui croit qu'elle tue ou qu'on la tue, se trompe : elle ne tue pas, elle n'est pas tuée,

20. Elle ne naît, elle ne meurt jamais ; elle n'est pas née jadis, elle ne doit pas renaître ; sans naissance, sans fin, éternelle, antique, elle n'est pas tuée quand on tue le corps.

21. Comment celui qui la sait impérissable, éternelle, sans naissance et sans fin, pourrait-il tuer quelqu'un ou le faire tuer ?

22. Comme l'on quitte des vêtements usés pour en prendre de nouveaux, ainsi l'Ame quitte les corps usés pour revêtir de nouveaux corps.

23. Ni les flèches ne la percent, ni la

flamme ne la brûle, ni les eaux ne l'humectent, ni le vent ne la dessèche.

24. Inaccessible aux coups et aux brûlures, à l'humidité et à la sécheresse, éternelle, répandue en tous lieux, immobile, inébranlable,

25. Invisible, ineffable, immuable, voilà ses attributs ; puisque tu la sais telle, ne la pleure donc pas.

26. Quand tu la croirais éternellement soumise à la naissance et à la mort, tu ne devrais pas même alors pleurer sur elle :

27. Car ce qui est né doit sûrement mourir, et ce qui est mort doit renaître ; ainsi donc ne pleure pas sur une chose qu'on ne peut empêcher.

28. Le commencement des êtres vivants est insaisissable ; on saisit le milieu ; mais leur destruction aussi est insaisissable : y a-t-il là un sujet de pleurs ?

29. Celui-ci contemple la vie comme une merveille ; celui-là en parle comme d'une merveille ; un autre en écoute parler comme d'une merveille : et quand on a bien entendu, nul encore ne la connaît.

30. L'Ame habite inattaquable dans tous les corps vivants, Bhârata ; tu ne peux cependant pleurer sur tous ces êtres.

31. Considère aussi ton devoir et ne tremble pas : car rien de meilleur n'arrive au Xatriya qu'une juste guerre ;

32. Par un tel combat qui s'offre ainsi de lui-même, la porte du ciel, fils de Prithâ, s'ouvre aux heureux Xatriyas.

33. Et toi, si tu ne livres ce combat légitime, traître à ton devoir et à ta renommée, tu contracteras le péché ;

34. Et les hommes rediront ta honte à jamais : or, pour un homme de sens, la honte est pire que la mort.

35. Les princes croiront que par peur tu as fui le combat : ceux qui t'ont cru magnanime te mépriseront ;

36. Tes ennemis tiendront sur toi mille propos outrageants où ils blâmeront ton incapacité. Qu'y a-t-il de plus fâcheux ?

37. Tué, tu gagneras le ciel ; vainqueur. tu posséderas la terre. Lève-toi donc, fils de Kunti. pour combattre bien résolu.

38. Tiens pour égaux plaisir et peine, gain et perte, victoire et défaite, et sois tout entier à la bataille : ainsi tu éviteras le péché.

39. Je t'ai exposé la science selon la Raison (Sânkhyâ) : entends-la aussi selon

la doctrine de l'Union (Yôga). En t'y attachant, tu rejetteras le fruit des œuvres, qui n'est rien qu'une chaîne.

40. Ici point d'efforts perdus, point de dommage ; une parcelle de cette loi délivre l'homme de la plus grande terreur.

41. Cette doctrine, fils de Kuru, n'a qu'un but et elle le poursuit avec constance ; une doctrine inconstante se ramifie à l'infini.

42. Il est une parole fleurie dont se prévalent les ignorants, tout fiers d'un texte du Véda : « Cela suffit » disent-ils.

43. Et livrés à leurs désirs, mettant le ciel en première ligne, ils produisent ce texte qui propose le retour à la vie comme prix des œuvres, et qui renferme une abondante variété de cérémonies par lesquelles on parvient aux richesses et à la puissance.

44. Pour ces hommes, attachés à la puissance et aux richesses et dont cette parole a égaré l'esprit, il n'est point de doctrine unique et constante ayant pour but la contemplation.

45. On trouve les *trois qualités* dans le Véda : sois exempt des trois qualités, Arjuna ; que ton âme ne se partage point,

qu'elle soit toujours ferme ; que le bonheur
ne soit pas l'objet de ses pensées ; qu'elle
soit maîtresse d'elle-même.

46. Autant on trouve d'usages à un
bassin dont les eaux débordent de tous
côtés, autant un brâhmane en reconnaît à
tous les Védas.

47. Sois attentif à l'accomplissement des
œuvres, jamais à leurs fruits ; ne fais pas
l'œuvre pour le fruit qu'elle procure, mais
ne cherche pas à éviter l'œuvre.

48. Constant dans l'Union mystique,
accomplis l'œuvre et chasse le désir ; sois
égal aux succès et aux revers ; l'Union,
c'est l'égalité d'âme.

49. L'œuvre est bien inférieure à cette
Union spirituelle. Cherche ton refuge dans
la raison. Malheureux ceux qui aspirent à
la récompense !

50. L'homme qui reste uni à la raison,
se dégage ici-bas et des bonnes et des
mauvaises œuvres : applique-toi donc à
l'Union mystique ; elle rend les œuvres
heureuses.

51. Les hommes d'intelligence qui se
livrent à la méditation et qui ont rejeté le
fruit des œuvres, échappent au lien des
générations et vont au séjour du salut.

52. Quand ta raison aura franchi les régions obscures de l'erreur, alors tu parviendras au dédain des controverses passées et futures ;

53. Quand détournée de ces enseignements, ta raison demeurera inébranlable et ferme dans la contemplation, alors tu atteindras l'Union spirituelle.

Arjuna.

54. Quelle est, ô prince chevelu, la marque d'un homme ferme dans la sagesse et ferme dans la contemplation? Comment est-il, immobile dans sa pensée, quand il parle, quand il se repose, quand il agit?

Le Bienheureux.

55. Fils de Prithâ, quand il renonce à tous les désirs qui pénètrent les cœurs, quand il est heureux avec lui-même, alors il est dit ferme en la sagesse.

56. Quand il est inébranlable dans les revers, exempt de joie dans les succès, quand il a chassé les amours, les terreurs, la colère, il est dit alors solitaire ferme en la sagesse.

57. Si d'aucun point il n'est affecté ni

des biens, ni des maux, s'il ne se réjouit ni
ne se fâche, en lui la sagesse est affermie.

58. Si, comme la tortue retire à elle tous
ses membres, il soustrait ses sens aux
objets sensibles, en lui la sagesse est affermie.

59. Les objets se retirent devant l'homme
abstinent ; les affections de l'âme se retirent en présence de celui qui les a quit-
tées.

60. Quelquefois pourtant, fils de Kunti,
les sens fougueux entraînent par force
l'âme du sage le mieux dompté :

61. Qu'après les avoir dominés il se tienne
assis, l'esprit fixé sur moi ; car, quand il
est maître de ses sens, en lui la sagesse est
affermie.

62. Dans l'homme qui contemple les
objets des sens, naît un penchant vers eux ;
de ce penchant naît le désir ; du désir, l'appétit violent :

63. De cet appétit, le trouble de la pensée ; de ce trouble, la divagation de la mémoire ; de la ruine de la mémoire, la perte
de la raison ; et par cette perte, il est
perdu.

64. Mais si un homme aborde les objets sensibles, ayant les sens dégagés des amours et des haines et docilement soumis à son obéissance, il marche vers la sérénité.

65. De la sérénité naît en lui l'éloignement de toutes les peines ; et quand son âme est sereine, sa raison est bientôt affermie.

66. L'homme qui ne pratique pas l'Union divine, n'a pas de raison et ne peut méditer ; celui qui ne médite pas est privé de calme ; privé de calme, d'où lui viendra le bonheur ?

67. Car celui qui livre son âme aux égarements des sens, voit bientôt son intelligence emportée, comme un navire par le vent sur les eaux.

68. Ainsi donc, héros au grand char, c'est en celui dont les sens sont fermés de toute part aux objets sensibles, que la sagesse est affermie.

69. Ce qui est nuit pour tous les êtres, est un jour où veille l'homme qui s'est dompté ; et ce qui est veille pour eux, n'est que nuit pour le clairvoyant solitaire.

70. Dans l'invariable Océan qui se rem-

plit toujours viennent se perdre les eaux : ainsi l'homme en qui se perdent tous les désirs, obtient la paix ; mais non l'homme livré aux désirs.

71. Qu'un homme, les ayant tous chassés, marche sans désirs, sans cupidité, sans orgueil ; il marche à la paix.

72. Voilà, fils de Prithâ, la halte divine : l'âme qui l'a atteinte n'a plus de troubles ; et celui qui s'y tient jusqu'au dernier jour, va s'éteindre en Dieu.

III

YOGA DE L'ŒUVRE

Arjuna.

1. Si à tes yeux, guerrier redoutable, la raison est meilleure que l'action, pourquoi donc m'engager à une action affreuse ?

2. Mon esprit est comme troublé par tes discours ambigus. Énonce une règle unique et précise par laquelle je puisse arriver à ce qui vaut le mieux.

Le Bienheureux.

3. En ce monde, il y a deux manières de vivre ; je te l'ai déjà dit, prince sans péché : les rationalistes contemplateurs s'appliquent à la connaissance ; ceux qui pratiquent l'Union s'appliquent aux œuvres.

4. Mais en n'accomplissant aucune œuvre l'homme n'est pas oisif pour cela ; et ce n'est pas par l'abdication que l'on parvient au but de la vie ;

5. Car personne, pas même un instant, n'est réellement inactif ; tout homme malgré lui-même est mis en action par les fonctions naturelles de son être.

6. Celui qui, après avoir enchaîné l'activité de ses organes, se tient inerte, l'esprit occupé des objets sensibles et la pensée errante, on l'appelle faux-dévôt ;

7. Mais celui qui, par l'esprit, a dompté les sens et qui met à l'œuvre l'activité de ses organes pour accomplir une action, tout en restant détaché, on l'estime, Arjuna.

8. Fais donc une œuvre nécessaire : l'œuvre vaut mieux que l'inaction ; sans agir tu ne pourrais pas même nourrir ton corps.

9. Hormis l'œuvre sainte, ce monde nous enchaîne par les œuvres. Cette œuvre donc, fils de Kunti, exempt de désirs, accomplis-la.

10. Lorsque jadis le Souverain du monde produisit les êtres avec le Sacrifice, il leur

dit : « Par lui multipliez ; qu'il soit pour vous la vache d'abondance ;

11. Nourrissez-en les dieux, et que les dieux soutiennent votre vie. Par ces mutuels secours, vous obtiendrez le souverain bien ;

12. Car, nourris du Sacrifice, les dieux vous donneront les aliments désirés. Celui qui, sans leur en offrir d'abord, mange la nourriture qu'il a reçue d'eux, est un voleur.

13. Ceux qui mangent les restes du Sacrifice sont déliés de toutes leurs fautes, mais les criminels qui préparent des aliments pour eux seuls, se nourrissent de péché ».

14. En effet, les animaux vivent des fruits de la terre ; les fruits de la terre sont engendrés par la pluie ; la pluie, par le Sacrifice ; le Sacrifice s'accomplit par l'Acte.

15. Or, sache que l'Acte procède de Brahmà, et que Brahmà procède de l'Eternel. C'est pourquoi ce Dieu qui pénètre toutes choses est toujours présent dans le Sacrifice.

16. Celui qui ne coopère point ici-bas à ce mouvement circulaire de la vie et qui

goûte dans le péché les plaisirs des sens, celui-là, fils de Prithâ vit inutilement.

17. Mais celui qui, heureux dans son cœur et content de lui-même, trouve en lui-même sa joie, celui-là ne dédaigne aucune œuvre ;

18. Car il ne lui importe en rien qu'une œuvre soit faite ou ne le soit pas, et il n'attend son secours d'aucun des êtres.

19. C'est pourquoi, toujours détaché, accomplis l'œuvre que tu dois faire ; car en la faisant avec abnégation, l'homme atteint le but suprême.

20. C'est par les œuvres que Janaka et les autres ont acquis la perfection. Si tu considères aussi l'ensemble des choses humaines, tu dois agir.

21. Selon qu'agit un grand personnage, ainsi agit le reste des hommes ; l'exemple qu'il donne, le peuple le suit.

22. Moi-même, fils de Prithâ, je n'ai rien à faire dans les trois mondes, je n'ai là aucun bien nouveau à acquérir ; et pourtant je suis à l'œuvre.

23. Car si je ne montrais une activité infatigable, tous ces hommes qui suivent ma voie, toutes ces générations périraient ;

24. Si je ne faisais mon œuvre, je ferais un chaos, et je détruirais ces générations.

25. De même que les ignorants sont liés par leur œuvre, qu'ainsi le sage agisse en restant détaché, pour procurer l'ordre du monde.

26. Qu'il ne fasse pas naître le partage des opinions parmi les ignorants attachés à leurs œuvres ; mais que s'y livrant avec eux, il leur fasse aimer leur travail.

27. Toutes les œuvres possibles procèdent des attributs naturels (des êtres vivants) ; celui que trouble l'orgueil s'en fait honneur à lui-même et dit : « J'en suis l'auteur ; »

28. Mais celui qui connaît la vérité, sachant faire la part de l'attribut et de l'acte, se dit : « C'est la rencontre des attributs avec les attributs », et il reste détaché.

29. Ceux que troublent les attributs naturels des choses, s'attachent aux actes qui en découlent. Ce sont des esprits lourds qui ne connaissent pas le général. Que celui qui le connaît ne les fasse pas trébucher.

30. Rapporte à moi toutes les œuvres, pense à l'Ame suprême ; et sans espé-

rance, sans souci de toi-même, combats et n'aie point de tristesse.

31. Les hommes qui suivent mes commandements avec foi, sans murmure, sont, eux aussi, dégagés du lien des œuvres ;

32. Mais ceux qui murmurent et ne les observent pas, sache que, déchus de toute science, ils périssent privés d'intelligence.

33. Le sage aussi tend à ce qui est conforme à sa nature ; les animaux suivent la leur. A quoi bon lutter contre cette loi ?

34. Il faut bien que les objets des sens fassent naître le désir et l'aversion. Seulement, que le sage ne se mette pas sous leur empire, puisque ce sont ses ennemis.

35. Il vaut mieux suivre sa propre loi, même imparfaite, que la loi d'autrui, même meilleure ; il vaut mieux mourir en pratiquant sa loi : la loi d'autrui a des dangers.

Arjuna.

36. Mais, ô Pasteur, par quoi l'homme est-il induit dans le péché, sans qu'il le

veuille, et comme poussé par une force étrangère ?

Le Bienheureux.

37. C'est l'amour, c'est la passion, née de l'instinct ; elle est dévorante, pleine de péché ; sache qu'elle est une ennemie ici-bas.

38. Comme la fumée couvre la flamme, et la rouille le miroir, comme la matrice enveloppe le fœtus, ainsi cette fureur couvre le monde.

39. Eternelle ennemie du sage, elle obscurcit la science. Telle qu'une flamme insatiable, elle change de forme à son gré.

40. Les sens, l'esprit, la raison, sont appelés son domaine. Par les sens, elle obscurcit la connaissance et trouble la raison de l'homme.

41. C'est pourquoi, excellent fils de Bhârata, enchaine tes sens dès le principe, et détruis cette pécheresse qui ôte la connaissance et le jugement.

42. Les sens, dit-on, sont puissants ; l'esprit est plus fort que les sens ; la raison est plus forte que l'esprit. Mais ce qui

est plus fort que la raison, c'est elle.

43. Sachant donc qu'elle est la plus forte, affermis-toi en toi-même, et tue un ennemi aux formes changeantes, à l'abord difficile.

IV

YOGA DE LA SCIENCE

Le Bienheureux.

1. Cette Union éternelle, je l'ai enseignée d'abord à Vivasvat ; Vivasvat l'a enseignée à Manu : Manu l'a redite à Ixwâku ;

2. Et reçue ainsi de mains en mains, les Rishis royaux l'ont connue ; mais dans la longue durée des temps, cette doctrine s'est perdue, ô vainqueur.

3. Cette même doctrine antique, je viens te l'exposer aujourd'hui ; car j'ai dit : « Tu es mon serviteur et mon ami ; » c'est le mystère suprême.

Arjuna.

4. Ta naissance est postérieure ; celle de Vivasvat a précédé la tienne : comment te

comprendrai-je quand tu dis : « Dans l'origine je l'ai enseignée à Vivasvat ? »

Le Bienheureux

5. J'ai eu bien des naissances, et toi-même aussi, Arjuna : je les sais toutes ; mais toi, héros, tu ne les connais pas.

6. Quoique sans commencement et sans fin, et chef des êtres vivants, néanmoins maître de ma propre nature, je nais par ma vertu magique.

7. Quand la justice languit, Bhârata, quand l'injustice se relève, alors je me fais moi-même créature, et je nais d'âge en âge.

8. Pour la défense des bons, pour la ruine des méchants, pour le rétablissement de la justice.

9. Celui qui connaît selon la vérité ma naissance et mon œuvre divine, quittant son corps, ne retourne pas à une naissance nouvelle : il vient à moi, Arjuna.

10. Dégagés du désir, de la crainte et de la passion, devenus mes dévots et mes croyants, beaucoup d'hommes, purifiés par les austérités de la science, se sont unis à ma substance :

11. Car, selon que les hommes s'inclinent devant moi, de même aussi je les honore. Tous les hommes suivent ma voie, fils de Prithâ :

12. Mais ceux qui désirent le prix de leurs œuvres sacrifient ici-bas aux divinités ; et bientôt dans ce monde mortel, le prix de leurs œuvres leur échoit.

13. C'est moi qui ai créé les quatre castes et réparti entre elles les qualités et les fonctions. Sache qu'elles sont mon ouvrage, à moi qui n'ai pas de fonction particulière et qui ne change pas.

14. Les œuvres ne me souillent pas, car elles n'ont pour moi aucun fruit ; et celui qui me sait tel, n'est point retenu par le lien des œuvres.

15. Sachant donc que d'antiques sages, désireux de la délivrance, ont accompli leur œuvre, toi aussi accomplis l'œuvre que ces sages ont accomplie autrefois.

16. Mais, dis-tu, qu'est-ce que l'œuvre ? qu'est-ce que le repos ? Les poètes eux-mêmes ont hésité. Je vais donc te l'enseigner, et quand tu le sauras, tu seras délivré du mal.

17. Il faut savoir ce que c'est que l'acte,

la cessation, l'inaction. Car la marche de l'acte est difficile à saisir.

18. Celui qui voit le repos dans l'action et l'action dans le repos, celui-là est sage parmi les hommes ; il est en état d'Union, quelque œuvre qu'il fasse d'ailleurs.

19. Si toutes ses entreprises sont exemptes des inspirations du désir, comme s'il avait consumé l'œuvre par le feu de la science, il est appelé sage par les hommes intelligents.

20. Car celui qui a chassé le désir du fruit des œuvres, qui est toujours satisfait et exempt d'envie ; celui-là, bien qu'occupé d'une œuvre, est pourtant en repos.

21. Sans espérances, maître de ses pensées, n'attendant du dehors aucun secours, n'accomplissant son œuvre qu'avec le corps, il ne contracte point le péché.

22. Satisfait de ce qui se présente, supérieur à l'amour et à la haine, exempt d'envie, égal aux succès et aux revers, il n'est pas lié par l'œuvre, quoiqu'il agisse.

23. Pour celui qui a chassé les désirs, qui est libre, qui tourne sa pensée vers la science et procède au sacrifice, l'œuvre entière s'évanouit.

24. L'offre pieuse est Dieu ; le beurre cla-

rifié, le feu, l'offrande sont Dieu; celui-là donc ira vers Dieu, qui dans l'œuvre pense à Dieu.

25. Parmi les Yogis les uns s'assoient au sacrifice des dieux; d'autres, dans le feu brahmanique, offrent le sacrifice par le moyen du sacrifice lui-même;

26. Ceux-ci dans le feu de la continence, offrent l'ouïe et les autres sens: ceux-là dans le feu des sens, font l'offrande du son et des autres objets sensibles;

27. Quelques-uns dans le feu mystique de la continence allumé par la science, offrent toutes les fonctions des sens et de la vie;

28. D'autres offrent en sacrifice leurs richesses, leur piété, leur dévotion, la lecture à voix basse, la science, et pratiquent la tempérance et les vœux austères;

29. D'autres sacrifient l'aspiration dans l'expiration, l'expiration dans l'aspiration, et fermant les voies de l'une et de l'autre s'efforcent de retenir leur haleine;

30. D'autres, se réduisant aux aliments nécessaires, offrent les choses mêmes de la vie dans le sacrifice qu'ils en font. Tous ces hommes sont habiles dans l'art des sacrifices et, par là, effacent leurs péchés.

31. Ceux qui mangent les restes du sacrifice, aliment d'immortalité, vont à l'Eternel Dieu ; mais à celui qui ne fait aucun sacrifice, n'appartient pas même ce monde : comment l'autre, ô le meilleur des Kurus ?

32. Les divers sacrifices ont été institués de la bouche de Brahmà. Comprends qu'ils procèdent tous de l'Acte ; et le comprenant, tu obtiendras la délivrance.

33. Le sacrifice qui procède de la science vaut mieux que celui qui procède des richesses ; car toute la perfection des actes est comprise dans la science.

34. Sache que celle-ci s'obtient en honorant, en interrogeant, en servant les sages ; ces sages qui voient la vérité sont ceux qui t'enseigneront la science.

35. Quand tu la posséderas, tu n'éprouveras plus de défaillances, fils de Pàndu : par elle tu verras tous les vivants dans l'Ame, et puis en moi.

36. Quand même tu aurais commis plus de péchés que tous les pécheurs, sur le vaisseau de la science tu traverseras tout péché.

37. Comme un feu allumé réduit le bois

en cendre, Arjuna, ainsi le feu de la science
consume toutes les œuvres;

38. Car il n'est point d'eau lustrale pareille à la science. Celui qui s'est perfectionné par l'Union mystique, avec le temps
trouve la science en lui-même;

39. L'homme de foi l'acquiert, quand il
est tout à elle et maître de ses sens; et
quand il l'a acquise, il arrive bientôt à la
béatitude.

40. Mais l'homme ignorant et sans foi,
livré au doute, est perdu; car ni ce monde,
ni l'autre, ni la félicité, ne sont pour
l'homme livré au doute.

41. Celui qui par l'Union divine s'est détaché des œuvres, qui par la science a re-
tranché le doute; est rendu à lui-même et
n'est plus enchaîné par l'action.

42. Ainsi donc, fils de Bhârata, ce doute
qui naît de l'ignorance et qui siège dans le
cœur, tranche-le avec le glaive de la science,
marche à l'Union et lève-toi.

V

YOGA DU RENONCEMENT DES ŒUVRES

Arjuna.

1. Tu loues d'une part, ô Krishna, le renoncement des œuvres, et de l'autre part l'Union mystique : laquelle des deux est la meilleure? dis-le-moi clairement.

Le Bienheureux.

2. Le renoncement et l'Union mystique des œuvres procurent tous deux la béatitude; cependant l'Union vaut mieux que le renoncement.

3. Il faut regarder comme constant dans le renoncement celui qui n'a ni haines ni désirs; car celui qui n'a point ces deux affections est aisément dégagé du lien des œuvres.

4. Les enfants séparent la doctrine ra-

tionnelle de l'Union mystique, mais non
les sages. En effet, celui qui s'adonne
entièrement à l'une perçoit le fruit de
l'autre :

5. Le séjour où l'on parvient par les mé-
ditations rationnelles, on y arrive aussi par
les actes de l'Union mystique ; et celui qui
voit une seule chose dans ces deux mé-
thodes, voit bien.

6. Mais, héros au grand char, leur réu-
nion est difficile à atteindre sans l'Union
elle-même, tandis que le solitaire qui s'y
livre arrive bientôt à Dieu :

7. Adonné à cette pratique, l'âme purifiée, victorieux de lui-même et de ses sens,
vivant de la vie de tous les vivants, il n'est
pas souillé par son œuvre.

8. « Ce n'est pas moi qui agis : » qu'ainsi
pense le Yôgi connaissant la vérité, quand
il voit, entend, touche, flaire, mange,
marche, dort, respire,

9. Parle, quitte ou prends quelque chose,
ouvre ou ferme les yeux ; et qu'il se dise :
« Les sens sont faits pour les objets sensibles. »

10. Celui qui, ayant chassé le désir, accomplit les œuvres en vue de Dieu, n'est

pas plus souillé par le péché que, par l'eau,
la feuille du lotus.

11. Par leur corps, par leur esprit, par
leur raison, par tous leurs sens même, les
Yôgis opèrent l'œuvre sans en désirer le
fruit, pour leur propre purification :

12. Et par cette abnégation, ils atteignent
à la béatitude suprême. Mais l'homme qui
ne pratique pas l'Union sainte et qui demeure attentif au fruit des œuvres est enchaîné par la puissance du désir.

13. Le mortel qui, par la force de son
esprit, pratique l'abnégation dans tous ses
actes, habite paisible et tout puissant dans
la cité aux neuf portes (*le corps qui a neuf
ouvertures*), sans agir et sans être la cause
d'aucune action.

14. Le Maître du monde ne crée ni l'activité, ni les actes, ni la tendance à jouir du
fruit des œuvres ; c'est le résultat de la nature individuelle.

15. Le Seigneur ne se charge ni des péchés, ni des bonnes œuvres de personne.
L'ignorance couvre la science : ainsi errent
les créatures.

16. Mais pour ceux dans l'âme desquels
la science a détruit l'ignorance, la science,

comme un soleil, illumine en eux l'idée de cet être Suprême :

17. Pensant à Lui, partageant son essence, séjournant en Lui, tout entiers à Lui, ils marchent par une route d'où l'on ne revient pas, délivrés par la science de leurs péchés.

18. Dans le brâhmane doué de science et de modestie, dans le bœuf et l'éléphant, dans le chien même et dans celui qui mange du chien, les sages voient l'Identique.

19. Ici-bas ceux-là ont vaincu la nature, dont l'esprit se tient ferme dans l'identité : car l'Identique Dieu est sans péché : c'est pourquoi ils demeurent fermes en Dieu.

20. Un tel homme ne se réjouit pas d'un accident agréable ; il ne s'attriste pas d'un accident fâcheux. La pensée ferme, inébranlable, songeant à Dieu, fixé en Dieu,

21. Libre des contacts extérieurs, il trouve en lui-même sa félicité : et ainsi, celui que l'Union mystique unit à Dieu, jouit d'une béatitude impérissable.

22. Car les plaisirs nés des contacts engendrent la douleur ; ils commencent et

finissent, fils de Kunti ; le sage n'y trouve pas sa joie.

23. Si l'on peut ici-bas, avant d'être dégagé du corps, soutenir le choc du désir et de la passion, on est Uni spirituellement, on est heureux.

24. Celui qui trouve en lui-même son bonheur, sa joie, et en lui-même aussi sa lumière, est un Yôgi qui va s'éteindre en Dieu, s'unir à l'être de Dieu.

25. Ainsi s'éteignent en Dieu les Rishis dont les fautes sont effacées, dont l'esprit ne s'est point partagé, qui se sont domptés eux-mêmes et se sont réjouis du bien de tous les vivants.

26. Quand on est dégagé d'amour et de haine, qu'on a soumis et soi-même et sa pensée, qu'on se connaît soi-même, on est tout près de s'éteindre en Dieu.

27. Quand on a banni les affections nées des contacts, dirigé son regard droit en avant, égalisé les mouvements de sa poitrine,

28. Dompté ses sens, dirigé son esprit et sa raison exclusivement vers la délivrance ; lorsque le désir, la crainte, la passion, étant bannies, parvenu vraiment à la délivrance.

29. On comprend que je perçois les sacrifices et les austérités, que je suis le grand Souverain des mondes, et l'Ami de tous les vivants : alors on obtient la paix.

VI

YOGA DE LA SOUMISSION DE SOI-MÊME

Le Bienheureux.

1. Celui qui, sans aspirer au fruit des œuvres, accomplit l'œuvre prescrite, est un Renonçant et un Yôgi, mais non celui qui néglige le feu sacré et l'œuvre sainte.

2. Et ce que l'on nomme Renoncement, sache, ô fils de Pàndu, que c'est l'Union elle-même ; car sans le renoncement de soi-même, nul ne peut s'Unir véritablement.

3. Au solitaire qui s'efforce vers l'Union sainte, l'œuvre devient une aide : quand il l'a atteinte, il a pour aide le repos ;

4. Car, comme il n'est attaché ni aux objets des sens ni aux œuvres, entièrement dépouillé de lui-même, il a vraiment atteint l'Union divine.

5. Qu'il s'élève donc et qu'il ne s'abaisse

pas ; car l'esprit de l'homme est tantôt son allié, tantôt son ennemi :

6. Il est l'allié de celui qui s'est vaincu soi-même ; mais par inimitié pour ce qui n'est pas spirituel, l'esprit peut agir en ennemi.

7. Dans l'homme victorieux et pacifié, l'Ame suprême demeure recueillie au milieu du froid et du chaud, du plaisir et de la douleur, des honneurs et de l'opprobre.

8. L'homme qui se complaît dans la connaissance et dans la science, le cœur en haut, les sens vaincus, tenant pour égaux le caillou, la motte de terre et l'or, a pour nom Yôgî ; car il est Uni spirituellement.

9. On estime celui qui garde une âme égale envers les amis et les bienveillants, les ennemis, les indifférents et les étrangers, les haineux et les proches, envers les bons aussi et envers les pécheurs.

10. Que le Yôgî exerce toujours sa dévotion seul, à l'écart, sans compagnie, maître de sa pensée, dépouillé d'espérances.

11. Que dans un lieu pur il se dresse un siège solide, ni trop haut, ni trop bas, garni d'herbe, de toile et de peau ;

12. Et que là, l'esprit tendu vers l'Unité, maîtrisant en soi la pensée, les sens et l'action, assis sur ce siège, il s'unisse mentalement en vue de sa purification.

13. Tenant fermement en équilibre son corps, sa tête et son cou, immobile, le regard incliné en avant, ne le portant d'aucun autre côté,

14. Le cœur en paix, exempt de crainte, constant dans ses vœux comme un novice maître de son esprit, que le Yôgi demeure assis et me prenne pour unique objet de sa méditation.

15. Ainsi, toujours continuant la sainte extase, le Yôgi dont l'esprit est dompté parvient à la béatitude, qui a pour terme l'extinction et qui réside en moi.

16. L'Union divine n'est ni pour qui mange trop, ni pour qui ne mange rien : elle n'est ni pour qui dort longtemps, ni pour qui veille toujours, Arjuna.

17. L'Union sainte qui ôte tous les maux, est pour celui qui mange avec mesure, se récrée avec mesure, agit, dort et veille avec mesure.

18. Lorsque ayant fixé sur lui-même sa pensée entièrement soumise, il s'est dégagé

de tous les désirs, c'est alors qu'il est appelé
Uni.

19. Le Yôgi est comme une lampe qui,
à l'abri du vent, ne vacille pas, lorsque
ayant soumis sa pensée il se livre à l'Union
mystique.

20. Quand la pensée jouit de la quiétude,
enchaînée au service de l'Union divine;
quand, se contemplant elle-même, elle se
complaît en elle-même,

21. Quand elle goûte cette joie infinie que
donne seule la raison et qui dépasse les
sens : quand elle s'attache sans vaciller à
l'Essence véritable.

22. Et que l'ayant saisie elle juge que
nulle autre acquisition ne l'égale : lorsqu'enfin, s'y tenant attachée, elle n'en peut
être détournée même par une vive douleur :

23. Qu'elle sache que cette rupture de
tout commerce avec la douleur s'appelle
union mystique. Et cette union doit être
pratiquée avec constance, au point que la
pensée s'y abîme.

24. Ayant dépouillé absolument tous les
désirs engendrés par l'imagination et sub-
jugué dans son âme la foule des sensations
qui viennent de tous côtés,

25. Qu'insensiblement l'homme atteigne à la quiétude par sa raison affermie dans la constance, et que son esprit, fermement recueilli en lui-même, ne pense plus à rien autre chose.

26. Et chaque fois que son esprit inconstant et mobile se porte ailleurs, qu'il lui fasse sentir le frein et le ramène à l'obéissance.

27. Une félicité suprême pénètre l'âme du Yôgi ; ses passions sont apaisées ; il est devenu en essence Dieu lui-même ; il est sans tache.

28. Ainsi, par l'exercice persévérant de la saint. Union, l'homme purifié jouit heureusement dans son contact avec Dieu, d'une béatitude infinie.

29. Il voit l'Ame résidant en tous les êtres vivants, et dans l'Ame tous ces êtres, lorsque son âme à lui-même est unie de l'Union divine et qu'il voit de toutes parts l'Identité.

30. Celui qui me voit partout et qui voit tout en moi ne peut plus me perdre ni être perdu pour moi.

31. Celui qui adore mon essence résidant en tous les êtres vivants et qui

demeure ferme dans le spectacle de l'Unité, en quelque situation qu'il se trouve, est toujours avec moi.

32. Celui, Arjuna, qui, instruit par sa propre identité, voit l'Identité partout, heureux ou malheureux, est un Yôgi excellent.

Arjuna.

33. Cette Union mystique que tu places dans l'Identité, ô meurtrier de Madhu, je ne vois pas que l'inconstance de l'esprit lui laisse une assiette solide.

34. Car l'esprit est inconstant, ô Krishna, il est mobile, puissant et violent ; il me semble aussi difficile à soumettre que le vent.

Le Bienheureux.

35. Sans doute, ô héros, l'esprit est mobile et difficile à saisir ; mais par l'exercice et par l'expulsion des passions, fils de Kunti, on le saisit.

36. Pour celui qui ne s'est pas dompté lui-même, l'union est difficile à atteindre, selon moi ; mais, pour l'homme qui s'est maîtrisé, il est des moyens d'y parvenir.

Arjuna

37. L'homme insoumis mais croyant, dont l'esprit s'est éloigné de l'Union divine et n'a pu en atteindre la perfection, dans quelle voie entre-t-il, ô Krishna ?

38. Repoussé de part et d'autre, disparaît-il comme le nuage entr'ouvert, ne s'arrêtant plus, perdu loin du sentier divin ?

39. Veuille, ô Krishna, me résoudre entièrement ce doute : nul autre que toi ne saurait le dissiper.

Le Bienheureux.

40. Fils de Prithâ, ni ici-bas, ni là-bas, cet homme ne peut s'anéantir : un homme de bien, mon ami, n'entre jamais dans la voie malheureuse.

41. Il se rend à la demeure des purs ; il y habite un grand nombre d'années : puis il renaît dans une famille de purs et de bienheureux,

42. Ou même de sages pratiquant l'Union mystique : or il est bien difficile d'obtenir en ce monde une telle origine.

43. Alors il reprend le pieux exercice qu'il avait pratiqué dans sa vie antérieure, et il s'efforce davantage vers la perfection, ô fils de Kuru ;

44. Car sa précédente éducation l'entraîne sans qu'il le veuille, lors même que dans son désir d'arriver à l'Union il transgresse la doctrine brâhmanique.

45. Comme il a dompté son esprit par l'effort, le Yôgi purifié de ses souillures, perfectionné par plusieurs naissances, entre enfin dans la voie suprême.

46. Il est alors considéré comme supérieur aux ascètes, supérieur aux sages, supérieur aux hommes d'action. Unis-toi donc, ô Arjuna.

47. Car entre tous ceux qui pratiquent l'Union, celui qui, venant à moi dans son cœur, m'adore avec foi, est jugé par moi le mieux uni de tous.

VII

Le Bienheureux.

1. Si tu fixes sur moi ton esprit, pratiquant l'Union mystique, attentif à moi, écoute, fils de Prithâ, comment alors tu me connaîtras tout entier avec évidence ;

2. Je vais t'exposer complètement avec ses divisions cette science au-delà de laquelle ici-bas il ne reste rien à apprendre.

3. De tant de milliers d'hommes, quelques-uns seulement s'efforcent vers la perfection : et parmi ces sages excellents un seul à peine me connaît selon mon essence.

4. La terre, l'eau, le feu, le vent, l'air, l'esprit, la raison et le moi, telle est ma nature divisée en huit éléments :

5. C'est l'inférieure. Connais-en mainte-

nant une autre qui est ma nature supérieure, principe de vie qui soutient le
monde.

6. C'est dans son sein que résident tous
les êtres vivants ; comprends-le : car la
production et la dissolution de l'Univers,
c'est moi-même ;

7. Au-dessus de moi il n'y a rien ; à moi
est suspendu l'Univers comme une rangée
de perles à un fil.

8. Je suis dans les eaux la saveur, fils de
Kunti ; je suis la lumière dans la Lune et le
Soleil ; la louange dans tous les Védas ; le
son dans l'air ; la force masculine dans les
hommes ;

9. Le parfum pur dans la terre ; dans le
feu la splendeur ; la vie dans tous les êtres ;
la continence dans les ascètes.

10. Sache, fils de Prithâ, que je suis la
semence inépuisable de tous les vivants :
la science des sages, le courage des vail-
lants :

11. La vertu des forts exempte de passion
et de désir : je suis dans les êtres animés
l'attrait que la justice autorise.

12. Je suis la source des propriétés qui
naissent de la vérité, de la passion et de

l'obscurité : mais je ne suis pas en elles, elles sont en moi.

13. Troublé par les modes de ces trois qualités, ce monde entier méconnait que je leur suis supérieur et que je suis indestructible.

14. Cette magie que je développe dans les modes des choses est difficile à franchir ; on y échappe en me suivant :

15. Mais ne sauraient me suivre, ni les méchants, ni les âmes troublées, ni ces hommes infimes dont l'intelligence est en proie aux illusions des sens et qui sont de la nature des démons.

16. Quatre classes d'hommes de bien m'adorent, Arjuna : l'affligé, l'homme désireux de savoir, celui qui veut s'enrichir, et le sage.

17. Ce dernier, toujours en contemplation, attaché à un culte unique, surpasse tous les autres. Car le sage m'aime par dessus toutes choses, et je l'aime de même.

18. Tous ces serviteurs sont bons ; mais le sage, c'est moi-même : car dans l'Union mentale il me suit comme sa voie dernière :

19. Et après plusieurs renaissances, le

sage vient à moi. — « L'Univers, c'est Vâsudêva : » celui qui parle ainsi ne peut com-
prendre la Grande Ame de l'Univers.

20. Ceux dont l'intelligence est en proie
aux désirs se tournent vers d'autres divinités ; ils suivent chacun son culte,
enchaînés qu'ils sont par leur propre
nature.

21. Quelle que soit la personne divine à
laquelle un homme offre son culte, j'affer-
mis sa foi en ce dieu ;

22. Tout plein de sa croyance, il s'efforce
de le servir ; et il obtient de lui les biens
qu'il désire et dont je suis le distributeur.

23. Mais bornée est la récompense de ces
hommes de peu d'intelligence : ceux qui
sacrifient aux dieux vont aux dieux ; ceux
qui m'adorent viennent à moi.

24. Les ignorants me croient visible
moi qui suis invisible : c'est qu'ils ne connaissent pas ma nature supérieure, inaltérable et suprême ;

25. Car je ne me manifeste pas à tous,
enveloppé que je suis dans la magie que
l'Union spirituelle dissipe. Le monde plein
de trouble ne me connait pas, moi qui
suis exempt de naissance et de destruction.

26. Je connais les êtres passés et présents, Arjuna, et ceux qui seront : mais nul d'eux ne me connaît.

27. Par le trouble d'esprit qu'engendrent les désirs et les aversions, ô Bhârata, tous les vivants en ce monde courent à l'erreur;

28. Mais ceux qui par la pureté des œuvres ont effacé leurs péchés, échappent au trouble de l'erreur et m'adorent dans la persévérance.

29. Ceux qui se réfugient en moi et cherchent en moi la délivrance de la vieillesse et de la mort, connaissent Dieu, l'Ame suprême, et l'Acte dans sa plénitude ;

30. Et ceux qui savent que je suis le Premier Vivant, la Divinité Première, et le Premier Sacrifice, ceux-là, au jour même du départ, unis à moi par la pensée, me connaissent encore.

VIII

YOGA DE DIEU INDIVISIBLE ET SUPRÊME

Arjuna.

1. Qu'est-ce que Dieu, ô meurtrier de Madhu, et l'Ame Suprême ? qu'est-ce que l'Acte ? qu'appelles-tu Premier Vivant et Divinité Première ?

2. Comment celui qui habite ici dans ce corps peut-il être le Premier Sacrifice ? Et comment au jour de la mort peux-tu être dans la pensée des hommes maîtres d'eux-mêmes ?

Le Bienheureux.

3. J'appelle Dieu le principe neutre suprême et indivisible ; Ame suprême la substance intime ; Acte l'émanation qui produit l'existence substantielle des êtres ;

4. Premier Vivant la substance divisi-

ble ; Divinité Première le principe masculin ; c'est moi-même qui, incarné, suis le Premier Sacrifice, ô le meilleur des hommes ;

5. Et celui qui, à l'heure finale, se souvient de moi et part dégagé de son cadavre, rentre dans ma substance ; il n'y a là aucun doute ;

6. Mais si à la fin de sa vie, quand il quitte son corps. il pense à quelque autre substance, c'est à celle-là qu'il se rend, puisque c'est sur elle qu'il s'est modelé.

7. C'est pourquoi, fils de Kunti, dans tous les temps pense à moi, et combats : l'esprit et la raison dirigés vers moi, tu viendras à moi, n'en doute pas ;

8. Car lorsque la pensée me demeure constamment unie et ne s'égare pas ailleurs. on retourne à l'Esprit céleste et suprême sur lequel on méditait.

9. Ce poète antique, modérateur du monde, plus délié que l'atome, soutien de l'Univers. incompréhensible en sa forme, brillant au-dessus des ténèbres avec l'éclat du Soleil :

10. L'homme qui médite sur cet être. ferme en son cœur au jour de la mort. uni à lui par l'amour et par l'Union mystique,

réunissant entre ses sourcils le souffle vital, se rend vers l'Esprit suprême et céleste.

11. Cette voie que les docteurs védiques nomment l'Invisible ; où marchent les hommes maîtres d'eux-mêmes et exempts de passions ; que désirent ceux qui embrassent le saint noviciat : je vais te l'exposer en peu de mots.

12. Toutes les portes des sens étant fermées, l'esprit concentré dans le cœur et le souffle vital dans la tête, ferme et persévérant dans l'Union spirituelle.

13. Adressant le mot mystique ôm à Dieu unique et indivisible, et se souvenant de moi ; celui qui part ainsi abandonnant son corps, marche dans la voie suprême.

14. L'homme qui, ne pensant à nulle autre chose, se souvient de moi sans cesse, est un Yôgi perpétuellement uni et auquel je donne accès jusqu'à moi.

15. Parvenues jusqu'à moi, ces grandes âmes qui ont atteint la perfection suprême ne rentrent plus dans cette vie périssable, séjour de maux.

16. Les mondes retournent à Brahmâ, ô Arjuna ; mais celui qui m'a atteint ne doit plus renaître.

17. Ceux qui savent que le jour de Brahmâ

finit après mille âges et que sa nuit comprend aussi mille âges, connaissent le jour
et la nuit.

18. Toutes les choses visibles sortent de
l'Invisible à l'approche du jour ; et quand
la nuit approche, elles se résolvent dans ce
même Invisible.

19. Ainsi tout cet ensemble d'êtres vit et
revit tour à tour, se dissipe à l'approche de
la nuit, et renaît à l'arrivée du jour.

20. Mais outre cette nature visible, il en
existe une autre, invisible, éternelle : quand
tous les êtres périssent, elle ne périt pas.

21. On l'appelle l'Invisible et l'Indivisible : c'est elle qui est la voie suprême ;
quand on l'a atteinte, on ne revient plus ;
c'est là ma demeure suprême.

22. On peut, fils de Prithâ, par une adoration exclusive, atteindre à ce premier
principe masculin, en qui reposent tous
les êtres, par qui a été développé cet
Univers.

23. En quel moment ceux qui pratiquent
l'Union partent-ils pour ne plus revenir ou
pour revenir encore, c'est aussi ce que je
vais t'apprendre, fils de Bhârata.

24. Le feu, la lumière, le jour, la Lune
croissante, les six mois où le Soleil est au

nord, voilà le temps où les hommes qui connaissent Dieu se rendent à Dieu.

25. La fumée, la nuit, le déclin de la Lune, les six mois du sud, sont le temps où un Yôgi se rend dans l'orbe de la Lune, pour en revenir plus tard.

26. Voilà l'éternelle double route, claire ou ténébreuse, objet de foi ici-bas, conduisant, d'une part, là d'où l'on ne revient plus, et, de l'autre, là d'où l'on doit revenir.

27. Connaissant l'une et l'autre, fils de Prithâ, le dévot ne se trouble pas. Ainsi donc, en tout temps, sois uni dans l'Union spirituelle.

28. Le fruit de pureté promis à la lecture du Vêda, au saint Sacrifice, aux austérités, à la munificence : le Yôgi le surpasse par la science et parvient à la halte suprême.

YOGA DU SOUVERAIN MYSTÈRE DE LA SCIENCE.

Le Bienheureux.

1. Je vais maintenant t'exposer, dans son ensemble et dans ses parties, cette science mystérieuse dont la possession te délivrera du mal.

2. C'est la science souveraine, le souverain mystère, la suprême purification, saisissable par l'intuition immédiate, conforme à la Loi, agréable à accomplir, inépuisable.

3. Les hommes qui ne croient pas en sa conformité à la Loi, ne viennent pas à moi et retournent aux vicissitudes de la mort.

4. C'est moi qui, doué d'une forme invisible, ai développé cet Univers : en moi sont

contenus tous les êtres ; et moi je ne suis
pas contenu en eux ;

5. D'une autre manière, les êtres ne sont
pas en moi : tel est le mystère de l'Union
souveraine. Mon âme est le soutien des
êtres, et sans être contenue en eux, c'est elle
qui est leur être.

6. Comme dans l'air réside un grand
vent soufflant sans cesse de tous côtés, ainsi
résident en moi tous les êtres : conçois-le,
fils de Kunti.

7. A la fin du kalpa, les êtres rentrent
dans ma puissance créatrice ; au commencement du kalpa, je les émets de nouveau.

8. Immuable dans ma puissance créatrice, je produis ainsi par intervalles tout
cet ensemble d'êtres sans qu'il le veuille et
par la seule vertu de mon émanation.

9. Et ces œuvres ne m'enchaînent pas :
je suis placé comme en dehors d'elles, et je
ne suis pas dans leur dépendance.

10. Sous ma surveillance, l'émanation
enfante les choses mobiles et immobiles ;
et sous cette condition, fils de Kunti, le
monde accomplit sa révolution.

11. Revêtu d'un corps humain, les insen-
sés me dédaignent, ignorant mon essence
suprême qui commande à tous les êtres.

12. Mais leur espérance est vaine ; leurs œuvres sont vaines, leur science est vaine : leur pensée s'est égarée ; ils sont sous la puissance turbulente des Râxasas et des Asuras.

13. Mais les sages magnanimes suivent ma puissance divine et m'adorent, ne pensant qu'à moi seul et sachant que je suis le principe immuable des êtres.

14. Sans cesse ils me célèbrent par des louanges, toujours luttant et fermes dans leurs vœux ; ils me rendent hommage, ils m'adorent, ils me servent dans une perpétuelle union.

15. D'autres m'offrent un sacrifice de science me voyant dans mon unité et simplicité, la face tournée de toutes parts.

16. Je suis le Sacrifice, je suis l'adoration, je suis l'offrande aux morts : je suis l'herbe du salut : je suis l'hymne sacré ; je suis l'onction : je suis le feu ; je suis la victime.

17. Je suis le père de ce monde, sa mère, son époux, son aïeul. Je suis la doctrine, la purification, le mot mystique ôm : le Rig, le Sâma, et le Yajour.

18. Je suis la voie, le soutien, le seigneur, le témoin, la demeure, le refuge, l'ami. Je

suis la naissance et la destruction ; la halte ; le trésor : la semence immortelle.

19. C'est moi qui échauffe : qui retiens et qui laisse tomber la pluie. Je suis l'immortalité et la mort, l'être et le non être, Arjuna.

20. De moi réclament la voie du paradis les sages qui ont lu les trois Védas, qui ont bu le sôma, se sont purifiés de leurs fautes et ont accompli le sacrifice. Parvenus à la sainte demeure du dieu Indra, ils se repaissent au paradis de l'aliment divin.

21. Et quand ils ont goûté de ce vaste monde des cieux, leur mérite étant épuisé, ils retournent au séjour des mortels. Ainsi les hommes qui ont suivi les trois livres de la Loi, n'aspirant qu'au bonheur, restent sujets aux retours.

22. Les hommes qui me servent sans penser à nulle autre chose et me demeurant toujours unis, reçoivent de moi la félicité de l'Union.

23. Ceux même qui, pleins de foi, adorent d'autres divinités, m'honorent aussi, bien qu'en dehors de la règle antique :

24. Car c'est moi qui recueille et qui préside tous les Sacrifices : mais ils ne me

connaissent pas dans mon essence, et ils font une chute nouvelle.

25. Ceux qui sont voués aux dieux vont aux dieux ; aux ancêtres, ceux qui sont voués aux ancêtres ; aux larves, ceux qui sacrifient aux larves ; et à moi, ceux qui me servent.

26. Quand on m'offre en adoration une feuille, une fleur, un fruit ou de l'eau, je les reçois pour aliments comme une offrande pieuse.

27. Ainsi donc, ce que tu fais, ce que tu manges, ce que tu sacrifies, ce que tu donnes, ce que tu t'infliges, ô fils de Kunti, fais-m'en l'offrande.

28. Tu seras dégagé du lien des œuvres, que leurs fruits soient bons ou mauvais ; et avec une âme toute à la sainte Union, libre, tu viendras à moi.

29. Je suis égal pour tous les êtres ; je n'ai pour eux ni haine ni amour ; mais ceux qui m'adorent sont en moi et je suis en eux.

30. L'homme même le plus coupable, s'il vient à m'adorer et à tourner vers moi seul tout son culte, doit être cru bon ; car il a pris le bon parti :

31. Bientôt il devient juste et marche

vers l'éternel repos. Fils de Kunti, con-
fesse-le, celui qui m'adore ne périt pas.

32. Car ceux qui cherchent près de moi
leur refuge, eussent-ils été conçus dans le
péché, les femmes, les vaçyas, les çûdras
même, marchent dans la voie supérieure ;

33. A plus forte raison les saints brâhmanes et les pieux râjarshis. Placé en ce
monde périssable et rempli de maux,
adore-moi ;

34. Dirige vers moi ton esprit ; et m'ado-
rant, offre-moi ton sacrifice et ton hommage. Alors, en l'union avec moi, ne voyant
plus que moi seul, tu parviendras jusqu'à
moi.

X

YOGA DE L'EXCELLENCE

Le Bienheureux.

1. Écoute encore, ô héros qui m'aimes, les graves paroles que je vais te dire pour procurer ton salut.

2. Les troupes des dieux et les grands Rishis ne connaissent pas ma nativité ; car je suis le principe absolu des dieux et des grands Rishis.

3. Quand on sait que je ne suis pas né, que je suis le premier et le seigneur du monde, on échappe à l'erreur parmi les mortels et l'on est absous de tous les péchés.

4. La raison, la science, la certitude, la patience, la vérité, la continence, la paix, le plaisir et la douleur, la naissance et la destruction, la crainte et la sécurité,

5. La douceur, l'égalité d'âme, la joie et

les austérités, la munificence, la gloire et l'opprobre, sont des manières d'être des choses, dont je suis le distributeur.

6. Les sept grands Rishis, les quatre Prajâpatis et les Manus, contenus dans ma substance, sont nés par un acte de mon esprit ; et d'eux est issu en ce monde le genre humain.

7. Quand on connaît dans leur essence cette puissance souveraine et cette Union qui résident en moi, alors sans nul doute on s'unit à moi par une union inébranlable.

8. Je suis l'origine de tout ; de moi procède l'Univers : ainsi pensent, ainsi m'adorent les sages, participants de l'essence suprême.

9. Pensant à moi, soupirant après moi, s'instruisant les uns les autres, me racontant toujours, ils se réjouissent, ils sont heureux.

10. Toujours en état d'union, m'offrant un sacrifice d'amour, ils reçoivent de moi cette Union mystique de l'intelligence par laquelle ils arrivent jusqu'à moi.

11. Dans ma miséricorde et sans sortir de mon unité, je dissipe en eux les ténè-

bres de l'ignorance, avec le flambeau
lumineux de la science.

Arjuna.

12. Vous êtes le Dieu suprême, la demeure suprême, la purification suprême ;
l'Esprit éternel et céleste, la Divinité Première, sans naissance ; le Seigneur.

13. C'est ce que confessent tous les Rishis, le Dévarshi Nârada, Asita, Dévala,
Vyâsa. C'est aussi ce que tu m'annonces.

14. Je crois, ô guerrier chevelu, en la
vérité de ta parole : car ni les dieux, ni
les Dânavas ne savent comment tu te rends
visible ;

15. Toi seul, tu te connais toi-même, ô
esprit suprême, être des êtres, prince des
vivants, Dieu des dieux, Seigneur des
créatures.

16. Veuille me dire sans réticences les
vertus célestes par lesquelles tu maintiens
ces mondes en les pénétrant.

17. Dis-moi, Yôgi, comment, uni à toi
par la pensée, je pourrai te connaître : dans
quelles parties de ton essence, ô Bienheureux, tu me seras intelligible.

18. Raconte-moi longuement ton Union

mystique et ta vertu suprême, ô vainqueur des hommes. Ta parole est pour
mon oreille une ambroisie dont je ne puis
me rassasier.

Le bienheureux.

19. Eh bien ! je vais te raconter mes
vertus célestes : sommairement, fils de
Kuru, car il n'y a pas de bornes à mon
immensité.

20. Je suis l'Ame qui réside en tous les
êtres vivants ; je suis le commencement,
le milieu et la fin des êtres vivants.

21. Parmi les Adityas, je suis Vishnu ;
parmi les corps lumineux, le Soleil rayon-
nant ; je suis Maritchi parmi les Maruts,
et la Lune parmi les constellations.

22. Entre les Védas, le Sâma ; entre les
dieux, Vâsava. Entre les sens, je suis l'Esprit ; entre les vivants, l'Intelligence.

23. Entre les Rudras, je suis Çankara, je
suis le seigneur des richesses entre les
Yaxas et les Râxasas ; entre les Vasus, je
suis Pâvaka ; entre les crêtes des monts,
le Méru.

24. Je suis le premier des pontifes, sache-
le bien, fils de Prithâ ; je suis Vrihaspati.

Entre les chefs d'armée, je suis Skanda ;
entre les lacs, l'Océan.

25. Entre les Maharchis, je suis Bhrigu ;
entre les mots prononcés, le mot indivisible *ôm* ; entre les sacrifices, la prière à
voix basse ; entre les chaînes de monta-
gnes, l'Himâlaya ;

26. Entre tous les arbres, l'açwattha ;
entre les dèvarchis, Nârada ; entre les
musiciens célestes, Tchitraratha ; entre
les saints, le solitaire Kapila.

27. Entre les coursiers, je suis Uttchaç-
çravas, né avec l'ambroisie ; entre les élé-
phants, Erâvata ; entre les hommes, le
chef du pouvoir.

28. Entre les armes de guerre, je suis la
foudre ; entre les vaches, Kâmaduk. Je suis
le générateur Kandarpa ; entre les serpents,
je suis Vâsuki ;

29. Entre les nâgas, Ananta ; Varuna,
entre les bêtes aquatiques. Entre les Ancêtres, je suis Aryaman ; Yama, entre les
juges ;

30. Prahlâda entre les Daetyas ; entre les
mesures, le temps ; entre les bêtes sauva-
ges, le tigre ; entre les oiseaux, Garuda ;

31. Entre les objets purifiants, le vent,
Je suis Râma entre les guerriers ; entre

les poissons, le Makara : entre les fleuves, le Gange.

32. Dans les choses créées, Ajurna, je suis le commencement, le milieu et la fin ; entre les sciences, celle de l'Ame suprême ; pour ceux qui parlent, je suis la parole ;

33. Entre les lettres, je suis l'A : dans les mots composés, je suis la composition. Je suis le temps sans limites ; je suis le fondateur dont le regard se tourne de tous côtés,

34. La mort qui ravit tout et la vie des choses à venir. Entre les mots féminins, je suis la gloire, la fortune, l'éloquence, la mémoire, la sagacité, la constance, la patience.

35. Je suis le grand hymne entre les chants du Sâma ; et entre les rhythmes, la gâyatri. Entre les mois, je suis le mârgaçirsha ; entre les saisons, le printemps fleuri.

36. Je suis la chance des trompeurs ; l'éclat des illustres ; la victoire ; le conseil ; la véracité des véridiques.

37. Entre les fils de Vrishni, je suis Vâsudêva ; entre les Pândus, je suis toi-même, Ajurna. Entre les solitaires, je suis Vyâsa ; entre les poètes, Uçanas.

38. Je suis la pénitence des ascètes, la règle d'action de ceux qui désirent la victoire ; le silence des secrets ; la science des sages.

39. Ce qu'il y a de puissance reproductive dans les êtres vivants, cela même c'est moi : car sans moi nulle chose mobile ou immobile ne peut être.

40. Mes vertus célestes n'ont pas de fin, ô Arjuna ; et je ne t'ai exposé qu'une faible partie de mes perfections.

41. Tout objet d'une nature excellente, heureuse ou forte, sache qu'il est issu d'une parcelle de ma puissance.

42. Mais pourquoi t'appesantir sur cette science infinie, Arjuna ? Quand j'eus fait reposer toutes choses sur une seule portion de moi-même, le monde fut constitué.

VISION DE LA FORME UNIVERSELLE

Arjuna.

1. Le mystère sublime de l'Ame suprême, que tu viens de m'exposer pour mon salut, a éloigné de moi l'erreur.

2. Car j'ai entendu longuement la naissance et la destruction des êtres, ô Dieu aux yeux de lotus, et ta magnanimité impérissable.

3. Cependant, Seigneur, je voudrais te voir dans ta forme souveraine tel que tu t'es dépeint toi-même :

4. Si tu penses que cette vision me soit possible, ô Seigneur de la sainte Union, alors montre-toi à ma vue dans ton éternité.

Le Bienheureux.

5. Voici, fils de Prithâ, mes formes cent et mille fois variées, célestes, diverses de couleur et d'aspect.

6. Voici les Adityas, les Vasus, les Rudras, les deux Açwins et les Maruts ; voici, fils de Bhârata, de nombreuses merveilles que nul encore n'a contemplées.

7. Voici dans son unité tout l'Univers avec les choses mobiles et immobiles : le voici, compris dans mon corps avec tout ce que tu désires apercevoir.

8. Mais puisque tu ne peux me voir avec les yeux de ton corps, je te donne un œil céleste : contemple donc en moi l'Union souveraine.

Sanjaya.

9. Lorsque Hari, seigneur de la sainte Union, eut ainsi parlé, il fit voir au fils de Prithâ sa figure auguste et suprême,

10. Portant beaucoup d'yeux et de visages, beaucoup d'aspects admirables, beaucoup d'ornements divins, tenant levées beaucoup d'armes divines,

11. Portant des guirlandes et des vêtements divins, parfumée de célestes essences, merveilleuse en toutes choses, resplendissante, infinie, la face tournée dans toutes les directions.

12. Si dans le ciel se levait tout à coup la lumière de mille soleils, elle serait comparable à la splendeur de ce Dieu magnanime.

13. Là donc, dans le corps du Dieu des dieux, le fils de Pându vit l'Univers entier et unique dans sa multiplicité.

14. Alors, plein de stupeur, les cheveux hérissés, le héros baissa la tête, et joignant les mains en haut parla ainsi à la Divinité :

Arjuna.

15. O Dieu, je vois en ton corps tous les dieux et les troupes des êtres vivants ; et le Seigneur Brahmâ assis sur le lotus ; et tous les Rishis et les célestes serpents.

16. Je te vois avec des bras, des poitrines, des visages et des yeux sans nombre, avec une forme absolument infinie. Sans fin, sans milieu, sans commencement, ainsi je te vois, Seigneur universel, forme universelle.

17. Tu portes la tiare, la massue et le disque, montagne de lumière de tous côtés resplendissante ; je puis à peine te regarder tout entier : car tu brilles comme le feu et comme le soleil dans ton immensité.

18. Tu es l'Indivisible, le suprême Intelligible. Tu es le trésor souverain de cet Univers ; tu es impérissable ; c'est toi qui maintiens la Loi immuable ; je vois que tu es le principe masculin éternel.

19. Sans commencement, sans milieu, sans fin ; doué d'une puissance infinie ; tes bras n'ont pas de limite, tes regards sont comme la Lune et le Soleil ; ta bouche a la splendeur du feu sacré.

20. Par ta chaleur tu échauffes cet Univers. Car tu remplis à toi seul tout l'espace entre le ciel et la terre et tu touches à toutes les régions ; à la vue de ta forme surnaturelle et terrible, les trois mondes, ô Dieu magnanime, sont ébranlés :

21. Voici les troupes des êtres divins qui vont vers toi : quelques-uns joignent de crainte leurs mains en haut et prient à voix basse. « *Su asti* » répètent les assemblées des Maharshis et des Saints, et ils te célébrent dans de sublimes cantiques.

22. Les Rudras, les Adityas, les Vasus et les Sâdyas, les Viçwas, les deux Açwins, les Maruts et les Ushmapas, les troupes des Gandharvas, des Yaxas, des Asuras et des Siddhas, te contemplent et demeurent tout confondus.

23. Ta grande forme, où sont tant de bouches et d'yeux, de bras, de jambes et de pieds, tant de poitrines et de dents redoutables : les mondes en la voyant sont épouvantés ; moi aussi.

24. Car en te voyant toucher la nue, et resplendir de mille couleurs ; en voyant ta bouche ouverte et tes grands yeux étincelants, mon âme est ébranlée, je ne puis retrouver mon assiette ni mon calme, ô Vishnu.

25. Quand j'aperçois ta face armée de dents menaçantes et pareille au feu qui doit embraser le monde, je ne vois plus rien autour de moi et ma joie est partie. Sois-moi propice, maître des dieux, demeure du monde.

26. Tous ces fils de Dhritarashtra avec les troupes des maîtres de la terre, Bhishma, Drôna, et ce fils du Cocher avec les chefs de nos soldats,

27. Courent se précipiter dans ta bouche

formidable. Quelques-uns, la tête brisée, demeurent suspendus entre tes dents.

28. Comme des torrents sans nombre qui courent droit à l'Océan, ces héros sont emportés vers ton visage flamboyant.

29. Comme vers une flamme allumée l'insecte vole à la mort avec une vitesse croissante : ainsi les vivants courent vite se perdre dans ta bouche.

30. De toutes parts ta langue se repait de générations entières et ton gosier embrasé les engloutit. Tu remplis tout le monde de ta lumière, ô Vishnu, et tu l'échauffes de tes rayons.

31. Raconte-moi qui tu es, Dieu redoutable. Louange à toi, Dieu suprême. Sois propice. Je désire te connaître, essence primitive : car je ne prévois pas la marche de ton action.

Le Bienheureux.

32. Je suis Kâla, le Temps destructeur du monde ; vieux, je suis venu ici pour détruire des générations. Excepté toi, il ne restera pas un seul des soldats que renferment ces deux armées.

33. Ainsi donc, lève-toi, cherche la gloi-

re : triomphe des ennemis et acquiers un vaste empire. J'ai déjà assuré leur perte : sois-en seulement l'instrument ;

34. J'ai ôté la vie à Drôna, Bhishma, Jayadratha, Karna, et à d'autres guerriers : tue-les donc ; ne te trouble pas : combats et tu vaincras tes rivaux.

Sanjaya.

35. Quand il eut entendu ces paroles du Dieu chevelu, le guerrier qui porte la tiare joignit les mains, et en tremblant, adora puis, rempli de terreur il s'incline et dit en balbutiant à Krishna :

Arjuna.

36. Oui ! à ton nom, ô Dieu chevelu, le monde se réjouit et suit ta Loi, les Raxas effrayés fuient de toute part, les troupes des Siddhas sont en adoration.

37. Et pourquoi donc, ô magnanime ne t'adorerait-on pas, toi plus vénérable que Brahmâ, toi le premier Créateur, l'Infini, le Seigneur des dieux, la demeure du monde, la source indivisible de l'être et du non être ?

38. Tu es la divinité première, l'antique principe masculin, le trésor souverain de cet Univers. Tu es le Savant et l'Objet de la science, et la demeure suprême. Par toi, s'est déployé cet Univers, ô toi dont la forme est infinie.

39. Tu es Vâyu, Yama, Agni, Varuna, et la Lune, et le Prajâpati et le grand Aïeul. Gloire, gloire à toi mille fois ! et de rechef encore gloire, gloire à toi !

40. Gloire en ta présence et derrière toi, en tous lieux, ô Universel ! Doué d'une force infinie, d'une puissance infinie, tu embrasses l'Univers, et ainsi tu es universel.

41. Si, te croyant mon ami, je t'ai appelé vivement en ces termes : « Viens, Krishna ; ici, fils de Yadu ; allons, mon ami ; » si j'ai méconnu ta majesté, soit par ma témérité, soit par mon zèle ;

42. Si je t'ai offensé au jeu, ou à la promenade, ou couché, ou assis, ou à table, soit seul, soit devant ces guerriers : Dieu auguste et infini, pardonne-le moi.

43. Tu es le père des choses mobiles et immobiles : tu es plus vénérable qu'un maître spirituel. Nul n'est égal à toi ; qui donc, dans les trois mondes, pourrait te

surpasser, ô toi dont la majesté n'a point
de bornes ?

44. C'est pourquoi, m'inclinant et me
prosternant, j'implore ta grâce, Seigneur
digne de louanges : sois-moi propice, comme un père l'est à son fils, un ami à son
ami, un bien-aimé à sa bien-aimée.

45. Depuis que j'ai vu la merveille que
nul n'avait pu voir, la joie remplit mon
cœur, mais la crainte l'agite. Montre-moi
ta première forme, ô Dieu ! Sois-moi propice, Seigneur des dieux, demeure du
monde :

46. Je voudrais te revoir avec la tiare, la
massue et le disque ; reprends ta figure à
quatre bras, ô toi qui a des bras et des
formes sans nombre.

Le Bienheureux.

47. C'est par ma grâce, Arjuna, et par la
force de mon Union mystique que tu as vu
ma forme suprême, resplendissante, universelle, infinie, primordiale, que nul autre avant toi n'avait vue.

48. Ni le Véda, ni le Sacrifice, ni la Lecture, ni les libéralités, ni les cérémonies,
ni les rudes pénitences, ne sauraient me

rendre visible à quelque autre sur terre qu'à toi seul, fils de Kuru.

49. N'aie ni peur, ni trouble, pour avoir vu ma forme épouvantable : libre de crainte, la joie dans le cœur, tu vas revoir ma première figure.

Sanjaya.

50. A ces mots, le magnanime Vâsudéva fit voir à Arjuna son autre forme et calma sa terreur en se montrant de nouveau avec un visage serein.

Arjuna.

51. Maintenant que je vois ta forme humaine et placide, ô guerrier, je redeviens maître de ma pensée et je rentre dans l'ordre naturel.

Le Bienheureux.

52. Cette forme si difficile à apercevoir et que tu viens de contempler, les dieux mêmes désirent sans cesse la voir.

53. Mais ni les Védas, ni les austérités, ni les largesses, ni le Sacrifice, ne peuvent me faire apparaître tel que tu m'as vu.

54. C'est par une adoration exclusive, Arjuna, que l'on peut me connaitre sous cette forme, et me voir dans ma réalité, et pénétrer en moi.

55. Celui qui fait tout en vue de moi, qui m'adore par dessus toutes choses, et qui n'a de concupiscence ni de haine pour aucun être vivant, celui-là vient à moi, fils de Pàndu.

XII

Arjuna.

1. Des fidèles qui toujours en état d'Union
te servent sans cesse, et de ceux qui s'attachent à l'Indivisible qui ne se peut voir,
lesquels connaissent le mieux l'Union mystique ?

Le Bienheureux.

2. Ceux qui, reposant en moi leur esprit,
me servent sans cesse pleins d'une foi excellente, sont ceux qui à mes yeux pratiquent le mieux la sainte Union.

3. Mais ceux qui cherchent l'Indivisible
que l'on ne peut voir ni sentir, présent
partout, incompréhensible, sublime, immuable, invariable,

4. Et qui, soumettant tous leurs sens,
tiennent leur pensée en équilibre et se ré-

jouissent du bien de tous les vivants : ceux-
là aussi m'atteignent.

5. Mais quand leur esprit poursuit l'invisible, leur peine est plus grande ; car diffi-
cilement les choses corporelles permettent
de saisir la marche de l'invisible.

6. Ceux au contraire qui ont accompli en
moi le renoncement des œuvres, ceux dont
je suis l'unique objet et qui par une Union
exclusive me contemplent et me servent :

7. Je les soustrais bientôt à cette mer des
alternatives de la mort, parce que leur
pensée est avec moi.

8. Livre-moi donc ton esprit, repose en
moi ta raison, et bientôt après, sans aucun
doute, tu habiteras en moi.

9. Si tu n'es point en état de reposer fermement en moi ta pensée, efforce-toi,
homme généreux, de m'atteindre par une
Union de persévérance.

10. Que si tu n'es pas capable de persévérance, agis toujours à mon intention : en
ne faisant rien qui ne me soit agréable, tu
arriveras à la perfection.

11. Mais cela même est-il au-dessus de
tes forces ? Tourne-toi vers la sainte Union ;
fais un acte de renoncement au fruit des
œuvres, et soumets-toi toi-même.

12. Car la science vaut mieux que la persévérance ; la contemplation vaut mieux
que la science ; le renoncement vaut mieux
que la contemplation ; et tout près du renoncement est la béatitude.

13. L'homme sans haine pour aucun
des vivants, bon et miséricordieux, sans
égoïsme, sans amour propre, égal au plaisir
et à la peine, patient,

14. Joyeux, toujours en état d'Union,
maître de soi-même, ferme dans le bon
propos, l'esprit et la raison attachés sur moi,
mon serviteur : cet homme m'est cher.

15. Celui qui ne trouble pas le monde et
que le monde ne trouble pas, qui est exempt
des transports de la joie et de la colère, de
la crainte et des terreurs : celui-là aussi
m'est cher.

16. L'homme sans arrière-pensée, pur,
adroit, indifférent, exempt de trouble, détaché de tout ce qu'il entreprend, mon serviteur : est un homme qui m'est cher.

17. Celui qui ne s'abandonne ni à la joie,
ni à la haine, ni à la tristesse, ni aux re-
grets, et qui pour me servir n'a plus souci
du bon ou du mauvais succès : celui-là
m'est cher.

18. L'homme égal envers ses ennemis et ses amis, égal aux honneurs et à l'opprobre, égal au froid, au chaud, au plaisir, à la douleur, exempt de désir,

19. Égal au blâme et à la louange, silencieux, toujours satisfait, sans domicile, ferme en sa pensée, mon serviteur : est un homme qui m'est cher.

20. Mais ceux qui s'asseoient, comme je l'ai dit, au saint banquet d'immortalité, pleins de foi et m'ayant pour unique objet : voilà mes plus chers serviteurs.

XIII

YOGA DE LA DISTINCTION DE LA MATIÈRE
ET DE L'IDÉE

Le Bienheureux.

1. Fils de Kunti, ce corps est appelé Matière, et le sujet qui connaît est appelé par les savants Idée de la matière.

2. Sache donc, fils de Bhârata, que dans tous les êtres matériels je suis l'Idée de la matière. La science qui embrasse la Matière et son Idée est à mes yeux la vraie science.

3. Apprends donc en résumé la nature de la Matière, ses qualités, ses modifications, son origine, ainsi que la nature de l'Esprit et ses facultés.

4. Ces sujets ont été bien des fois et séparément chantés par les Sages dans des rythmes variés, et dans les vers des Sûtras brâhmaniques qui traitent et raisonnent des causes.

5. Les grands principes des êtres, le
moi, la raison, l'abstrait, les onze organes
des sens et les cinq ordres de percep-
tions :

6. Puis le désir, la haine, le plaisir, la
douleur, l'imagination, l'entendement, la
suite des idées : voilà en résumé ce que
l'on nomme la matière, avec ses modifications.

7. La modestie, la sincérité, la mansuétude, la patience, la droiture, le respect du
précepteur, la pureté, la constance, l'empire
sur soi-même.

8. L'indifférence pour les choses sensibles, l'absence d'égoïsme, le compte fait
de la naissance, de la mort, de la vieillesse, de la maladie, de la douleur, du
péché ;

9. Le désintéressement, le détachement
à l'égard des enfants, de la femme, de la
maison et des autres objets ; la perpétuelle
égalité de l'âme dans les événements désirés
ou redoutés ;

10. Un culte constant et fidèle dans une
union exclusive avec moi ; la retraite en
un lieu écarté ; l'éloignement des joies du
monde ;

11. La perpétuelle contemplation de

l'Ame suprême; la vue de ce que produit la connaissance de la vérité : voilà ce qu'on nomme la science; le contraire est l'ignorance.

12. Je vais donc te dire ce qu'il faut savoir, ce qui est pour l'homme l'aliment d'immortalité. Dieu, sans commencement et suprême, ne peut être appelé un être ni un non-être;

13. Doué en tous lieux de mains et de pieds, d'yeux et d'oreilles, de têtes et de visages, il réside dans le monde, qu'il embrasse tout entier.

14. Il illumine toutes les facultés sensitives, sans avoir lui-même aucun sens; détaché de tout, il est le soutien de tout; sans modes, il perçoit tous les modes;

15. Intérieur et extérieur aux êtres vivants; également immobile et en mouvement, indiscernable par sa subtilité et de loin et de près :

16. Sans être partagé entre les êtres, il est répandu en eux tous; soutien des êtres, il les absorbe et les émet tour à tour.

17. Lumière des corps lumineux, il est par delà les ténèbres. Science, objet de la science, but de la science, il est au fond de tous les cœurs.

18. Tels sont en abrégé la Matière, la Science, et l'Objet de la science. Mon serviteur, qui sait discerner ces choses, parvient jusqu'à mon essence.

19. Sache que la Nature et le principe Masculin sont exempts tous deux de commencement, et que les changements et les modes tirent leur origine de la nature.

20. La cause active contenue dans l'acte corporel, c'est la nature : le principe masculin est la cause qui perçoit le plaisir et la douleur.

21. En effet, en résidant dans la nature, ce principe perçoit les modes naturels ; et c'est par sa tendance vers ces modes qu'il s'engendre dans une matrice bonne ou mauvaise.

22. Spectateur et moniteur, soutenant et percevant toutes choses, souverain maître, Ame universelle qui réside en ce corps, tel est le principe Masculin suprême.

23. Celui qui connaît ce principe et la Nature avec ses modes, en quelque condition qu'il se trouve, ne doit plus renaître.

24. Plusieurs contemplent l'Ame par eux-mêmes en eux-mêmes ; d'autres par une union rationnelle ; d'autres par l'Union mystique des œuvres ;

25. D'autres enfin, qui l'ignoraient, apprennent d'autrui à la connaître et s'y appliquent : tous ces hommes, adonnés à la science divine, échappent également à la mortalité.

26. Quand s'engendre un être quelconque, mobile ou immobile, sache, fils de Bhârata, que cela se fait par l'union de la Matière et de l'Idée.

27. Celui là voit juste qui voit ce principe souverain uniformément répandu dans tous les vivants et ne périssant pas quand ils périssent ;

28. En le voyant égal et également présent en tous lieux, il ne se fait aucun tort à lui-même et il entre, par après, dans la voie supérieure.

29. S'il voit que l'accomplissement des actes est entièrement l'œuvre de la Nature et que lui-même n'en est pas l'agent, il voit juste.

30. Quand il voit l'essence individuelle des êtres résidant dans l'unité et tirant de là son développement, il marche vers Dieu.

31. Comme elle est exempte de commencement et de modes, cette Âme suprême inaltérable, fils de Kunti, tout en résidant

dans un corps, n'y agit pas, n'y est pas souillée.

32. Comme l'air répandu en tous lieux, qui, par sa subtilité, ne reçoit aucune souillure : ainsi l'Ame demeure partout sans tache dans son union avec le corps.

33. Comme le Soleil éclaire à lui seul tout ce monde : ainsi l'Idée illumine toute la Matière.

34. Ceux qui par l'œil de la science voient la différence de la Matière et de son Idée, et la délivrance des liens de la nature, ceux-là vont en haut.

XIV

Le Bienheureux.

1. Je vais dire la science sublime, la première des sciences, dont la possession a fait passer tous les Solitaires d'ici-bas à la béatitude ;

2. Pénétrés de cette science, et parvenus à ma condition, ils ne renaissent plus au jour de l'émission, et la dissolution des choses ne les atteint pas.

3. J'ai pour matrice la Divinité suprême ; c'est là que je dépose un germe qui est, ô Bhârata, l'origine de tous les vivants.

4. Des corps qui prennent naissance dans toutes les matrices, Brahme est la matrice immense ; et je suis le père qui fournit la semence.

5. Vérité, instinct, obscurité, tels sont les

modes qui naissent de la nature et qui lient au corps l'âme inaltérable.

6. La vérité, brillante et saine par son incorruptibilité, l'attache par la tendance au bonheur et à la science ;

7. L'instinct, parent de la passion et procédant de l'appétit, l'attache par la tendance à l'action ;

8. Quant à l'obscurité, sache, fils de Kuntî, qu'elle procède de l'ignorance et qu'elle porte le trouble dans toutes les âmes ; elle les enchaîne par la stupidité, la paresse et l'engourdissement.

9. La vérité ravit les âmes dans la douceur ; la passion les ravit dans l'œuvre ; l'obscurité, voilant la vérité, les ravit dans la stupeur.

10. La vérité naît de la défaite des instincts et de l'ignorance, ô Bhârata ; l'instinct, de la défaite de l'ignorance et de la vérité ; l'ignorance, de la défaite de la vérité et de l'instinct.

11. Lorsque dans ce corps la lumière de la science pénètre par toutes les portes, la vérité alors est dans sa maturité.

12. L'ardeur à entreprendre les œuvres et à y procéder, l'inquiétude, le vif désir,

naissent de l'instinct parvenu à sa maturité.

13. L'aveuglement, la lenteur, la stupidité, l'erreur, naissent, fils de Kuru, de l'obscurité parvenue à sa maturité.

14. Lorsque dans l'âge mûr de la vérité, un mortel arrive à la dissolution de son corps, il se rend à la demeure sans tache des clairvoyants.

15. Celui qui meurt dans la passion, renaît parmi des êtres poussés par la passion d'agir. Si l'on meurt dans l'obscurité de l'âme, on renaît dans la matrice d'une race stupide.

16. Le fruit d'une bonne action est appelé pur et vrai ; le fruit de la passion est le malheur : celui de l'obscurité est l'ignorance.

17. De la vérité naît la science ; de l'instinct, l'ardeur avide ; de l'obscurité, naissent la stupidité, l'erreur et l'ignorance aussi.

18. Les hommes de vérité vont en haut ; les passionnés, dans une région moyenne ; les hommes de ténèbres qui demeurent dans la condition intime, vont en bas.

19. Quand un homme considère et reconnait qu'il n'y a pas d'autre agent que ces

trois qualités, et sait ce qui leur est supérieur, alors il marche vers ma conditon.

20. Le mortel qui a franchi ces trois qualités issues du corps, échappe à la naissance, à la mort, à la vieillesse, à la douleur, et se repait d'ambroisie.

Arjuna.

21. Quel signe, Seigneur, porte celui qui a franchi les trois qualités? Quelle est sa conduite? Et comment s'affranchit-il de ces qualités?

Le Bienheureux.

22. Fils de Pându, celui qui en présence de l'évidence, de l'activité, ou de l'erreur, ne les hait pas, et qui, en leur absence, ne les désire pas;

23. Qui assiste à leur développement en spectateur et sans s'émouvoir, et s'éloigne avec calme en disant : « C'est la marche des qualités ; »

24. Celui qui, égal au plaisir et à la douleur, maitre de lui-même, voit du même œil la motte de terre, la pierre et l'or ; tient avec fermeté la balance égale entre les joies

et les peines, entre le blâme et l'éloge qu'on fait de lui,

25. Entre les honneurs et l'opprobre, entre l'ami et l'ennemi ; qui pratique le renoncement dans tous ses actes : celui-là s'est affranchi des qualités.

26. Quand on me sert dans l'union d'un culte qui ne varie pas, on a franchi les qualités, et l'on devient participant de l'essence de Dieu.

27. Car je suis la demeure de Dieu, de l'inaltérable ambroisie, de la justice éternelle et du bonheur infini.

XV

YOGA DE LA MARCHE VERS LE PRINCIPE
MASCULIN SUPRÊME

Le Bienheureux.

1. Il est un figuier perpétuel, un açwattha
qui pousse en haut ses racines, en bas ses
rameaux, et dont les feuilles sont des
poèmes : celui qui le connaît, connaît le
Véda.

2. Il a des branches qui s'étendent en
haut et en bas, ayant pour rameaux les
qualités, pour bourgeons les objets sensibles ; il a aussi des racines qui s'allongent
vers le bas et qui, dans ce monde, enchaînent
les humains par le lien des œuvres.

3. Ici-bas on ne saisit bien ni sa forme,
ni sa fin, ni son commencement, ni sa place.
Quand avec le glaive solide de l'indifférence
l'homme a coupé ce figuier aux fortes
racines,

4. Il faut dès lors qu'il cherche le lieu où l'on va pour ne plus revenir. Or, c'est moi qui le conduis à ce principe masculin primordial d'où est issue l'antique émanation du monde.

5. Quand il a vaincu l'orgueil, l'erreur et le vice de la concupiscence, fixé sa pensée sur l'Ame suprême, éloigné les désirs, mis fin au combat spirituel du plaisir et de la douleur : il marche sans s'égarer vers la demeure éternelle.

6. Ce lieu d'où l'on ne revient pas ne reçoit sa lumière ni du Soleil, ni de la Lune, ni du Feu : c'est là mon séjour suprême.

7. Dans ce monde de la vie, une portion de moi-même, qui anime les vivants et qui est immortelle, attire à soi l'esprit et les six sens qui résident dans la nature :

8. Quand ce maître souverain prend un corps ou l'abandonne, il les a toujours avec lui dans sa marche, pareil au vent qui se charge des odeurs.

9. S'emparant de l'ouïe, de la vue, du toucher, du goût, de l'odorat et du sens intérieur, il entre en commerce avec les choses sensibles.

10. A son départ, pendant son séjour et

dans son exercice même, les esprits troublés ne l'aperçoivent pas sous les qualités ; mais les hommes instruits le voient ;

11. Ceux qui s'exercent dans l'Union mystique le voient aussi en eux-mêmes : mais ceux qui, même en s'exerçant, ne se sont pas encore amendés, n'ont pas l'intelligence en état de le voir.

12. La splendeur qui du Soleil reluit sur tout le monde, celle qui reluit dans la Lune et dans le feu, sache que c'est ma splendeur.

13. Pénétrant la terre, je soutiens les vivants par ma puissance, je nourris toutes les herbes des champs et je deviens le *sôma* savoureux.

14. Sous la forme de la chaleur, je pénètre le corps des êtres qui respirent, et m'unissant au double mouvement de la respiration, j'assimile en eux les quatre sortes d'aliments.

15. Je réside en tous les cœurs : de moi procèdent la mémoire, la science et le raisonnement. Dans tous les Védas, c'est moi qu'il faut chercher à reconnaître : car je suis l'auteur de la théologie et je suis le théologien.

16. Voici les deux principes masculins

qui sont dans le monde : l'un est divisible, l'autre est indivisible ; le divisible est réparti entre tous les vivants ; l'indivisible est appelé supérieur.

17. Mais il est un autre principe masculin primordial, souverain, indestructible qui porte le nom d'Ame suprême, et qui pénètre dans les trois mondes et les soutient.

18. Et comme je surpasse le divisible et même l'indivisible, c'est pour cela que dans le monde et dans le Véda l'on m'appelle Principe masculin suprême.

19. Celui qui, sans se troubler, me reconnait à ce nom, connait l'ensemble des choses et m'honore par toute sa conduite.

20. O guerrier sans péché, je t'ai exposé la plus mystérieuse des doctrines. Celui qui la connait doit être un sage et son œuvre doit être accomplie.

XVI

YOGA DE LA DISTINCTION DE LA CONDITION DIVINE ET DE LA CONDITION DÉMONIAQUE

Le Bienheureux.

1. Le courage, la purification de l'âme, la persévérance dans l'Union mystique de la science, la libéralité, la tempérance, la piété, la méditation, l'austérité, la droiture,

2. L'humeur pacifique, la véracité, la douceur, le renoncement, le calme intérieur, la bienveillance, la pitié pour les êtres vivants, la paix du cœur, la mansuétude, la pudeur, la gravité,

3. La force, la patience, la fermeté, la pureté, l'éloignement des offenses, la modestie : telles sont, ô Bhârata, les vertus de celui qui est né dans une condition divine.

4. L'hypocrisie, l'orgueil, la vanité, la colère, la dureté de langage, l'ignorance, tels sont, fils de Prithâ, les signes de celui qui est né dans la condition des Asuras.

5. Un sort divin mène à la délivrance; un sort d'Asura mène à la servitude. Ne pleure pas, fils de Pàndu, tu es d'une condition divine.

6. Il y a deux natures parmi les vivants, celle qui est divine, et celle des Asuras. Je t'ai expliqué longuement la première : écoute aussi ce qu'est l'autre.

7. Les hommes d'une nature infernale ne connaissent pas l'émanation et le retour; on ne trouve en eux ni pureté, ni règle, ni vérité.

8. Ils disent qu'il n'existe dans le monde ni vérité, ni ordre, ni providence: que le monde est composé de phénomènes se poussant l'un l'autre, et n'est rien qu'un jeu du hasard.

9. Ils s'arrêtent dans cette manière de voir; et se perdant eux-mêmes, rapetissant leur intelligence, ils se livrent à des actions violentes et sont les ennemis du genre humain.

10. Livrés à des désirs insatiables, enclins à la fraude, à la vanité, à la folie, l'erreur

les entraîne à d'injustes prises et leur ins-
pire des vœux impurs.

11. Leurs pensées sont errantes : ils
croient que tout finit avec la mort ; atten-
tifs à satisfaire leurs désirs, persuadés que
tout est là.

12. Enchaînés par les nœuds de mille
espérances, tout entiers à leurs souhaits et
à leurs colères ; pour jouir de leurs vœux,
ils s'efforcent, par des voies injustes,
d'amasser toujours :

13. « Voilà, disent-ils, ce que j'ai gagné
aujourd'hui : je me procurerai cet agré-
ment ; j'ai ceci, j'aurai ensuite cet autre
bénéfice.

14. J'ai tué cet ennemi, je tuerai aussi
les autres. Je suis un prince, je suis riche,
je suis heureux, je suis fort, je suis
joyeux ;

15. Je suis opulent ; je suis un grand
seigneur. Qui donc est semblable à moi ?
Je ferai des sacrifices, des largesses ; je me
donnerai du plaisir. — Voilà comme ils
parlent, égarés par l'ignorance.

16. Agités de nombreuses pensées, enve-
loppés dans les filets de l'erreur, occupés à
satisfaire leurs désirs, ils tombent dans un
enfer impur.

17. Pleins d'eux-mêmes, obstinés, remplis de l'orgueil et de la folie des richesses, ils offrent des sacrifices hypocrites, où la règle n'est pas suivie et qui n'ont du sacrifice que le nom.

18. Égoïstes, violents, vaniteux, licencieux, colères, détracteurs d'autrui, ils me détestent dans les autres et en eux-mêmes.

19. Mais moi, je prends ces hommes haineux et cruels, ces hommes du dernier degré, et à jamais je les jette aux vicissitudes de la mort, pour renaître misérables dans des matrices de démons.

20. Tombés dans une telle matrice, s'égarant de générations en générations, sans jamais m'atteindre, ils entrent enfin, fils de Kunti, dans la voie infernale.

21. L'enfer a trois portes par où ils se perdent : la volupté, la colère et l'avarice. Il faut donc les éviter.

22. L'homme qui a su échapper à ces trois portes de ténèbres est sur le chemin du salut et marche dans la voie supérieure.

23. Mais l'homme qui s'est soustrait aux commandements de la Loi pour ne suivre que ses désirs, n'atteint pas la perfection, ni le bonheur, ni la voie d'en haut.

24. Que la Loi soit ton autorité et t'apprenne ce qu'il faut faire ou ne pas faire. Connaissant donc ce qu'ordonnent les préceptes de la Loi, veuille ici les suivre.

XVII

YOGA DES TROIS ESPÈCES DE FOI

Arjuna.

1. Ceux qui, négligeant les règles de la Loi, offrent avec foi le sacrifice, quelle est leur place, ô Krishna ? Est-ce celle de la vérité, de la passion, ou de l'obscurité ?

Le Bienheureux.

2. Il y a trois sortes de foi parmi les hommes : chaque espèce dépend de la nature de chacun. Conçois en effet qu'elle tient ou de la vérité, ou de la passion, ou des ténèbres,

3. Et qu'elle suit le caractère de la personne ; le croyant se modèle sur l'objet auquel il a foi :

4. Les hommes de vérité sacrifient aux dieux ; les hommes de passion, aux Yaxas

et aux Râxasas ; les hommes de ténèbres,
aux Revenants et aux Spectres.

5. Les hommes qui se livrent à de rudes
pénitences et qui n'en sont pas moins
hautains, égoïstes, pleins de désir, de passion, de violence,

6. Torturant dans leur folie les principes de vie qui composent leur corps, et
moi-même aussi qui réside dans son inti-
mité : sache qu'ils raisonnent comme des
Asuras.

7. Il y a aussi, selon les personnes, trois
sortes d'aliments agréables, trois sortes de
sacrifice, d'austérité, de libéralité : écoutes-
en les différences.

8. Les aliments substantiels, qui aug-
mentent la vie, la force, la santé, le bien-
être, la joie, aliments savoureux, doux,
fermes, suaves, plaisent aux hommes de
vérité.

9. Les hommes de désir aiment les aliments âcres, acides, salés, très chauds,
amers, acerbes, échauffants, aliments fé-
conds en douleurs et en maladies.

10. Un aliment vieux, affadi, de mauvaise odeur, corrompu, rejeté même et
souillé, est la nourriture qui plait aux
hommes de ténèbres.

11. Le sacrifice offert selon la règle, sans égard pour la récompense, avec la seule pensée d'accomplir l'œuvre sainte, est un sacrifice de vérité.

12. Mais celui que l'on offre en vue d'une récompense et avec hypocrisie, ô le meilleur des Bhâratas, est un sacrifice de désir.

13. Celui que l'on offre hors de la règle, sans distribution d'aliments, sans hymnes, sans honoraires pour le prêtre, sans foi, est nommé sacrifice de ténèbres.

14. Le respect aux dieux, aux brâhmanes, au précepteur, aux hommes instruits, la pureté, la droiture, la chasteté, la mansuétude, sont appelés austérité du corps.

15. Un langage modéré, véridique, plein de douceur, l'usage des lectures pieuses, sont l'austérité de la parole.

16. La paix du cœur, le calme, le silence, l'empire de soi-même, la purification de son être, telle est l'austérité du cœur.

17. Cette triple austérité, pratiquée par les hommes pieux, avec une foi profonde et sans souci de la récompense, est appelée conforme à la vérité.

18. Une austérité hypocrite, pratiquée pour l'honneur, le respect et les hommages

qu'elle procure, est une austérité de passion ; elle est instable et incertaine.

19. Celle qui, née d'une imagination égarée, n'a d'autre but que de se torturer soi-même ou de perdre les autres, est une austérité de ténèbres.

20. Un don fait avec le sentiment du devoir, à un homme qui ne peut payer de retour, don fait en temps et lieu et selon le mérite est un don de vérité.

21. Un présent fait avec l'espoir d'un retour ou d'une récompense et comme à contre cœur, procède du désir.

22. Un don fait à des indignes, hors de son temps et de sa place, sans déférence, d'une manière offensante, est un don de ténèbres.

23. Om. Lui. Le Bien. Telle est la triple désignation de Dieu : c'est par lui que jadis furent constitués les Brâhmanes, les Védas et le Sacrifice.

24. C'est pourquoi les théologiens n'accomplissent jamais les actes du Sacrifice, de la charité ou des austérités, fixés par la règle, sans avoir prononcé le mot *Om*.

25. Lui : voilà ce que disent, sans l'espoir d'un retour, ceux qui désirent la délivrance, lorsqu'ils accomplissent les actes

divers du sacrifice, de la charité ou des austérités.

26. Quand il s'agit d'un acte de vérité ou de probité, on emploie ce mot : le Bien ; on le prononce aussi pour toute action digne d'éloges :

27. La persévérance dans la piété, l'austérité, la charité, sont encore désignées par ce mot : le Bien ; et toute action qui a pour objet ces vertus est désignée par ce même mot.

28. Mais tout sacrifice, tout présent, toute pénitence, toute action accomplie sans la Foi, est appelée mauvaise, fils de Prithâ, et n'est rien ni en cette vie ni dans l'autre.

XVIII

Arjuna.

1. Héros chevelu, je voudrais connaître
l'essence du renoncement et de l'abnégation, ô meurtrier de Kéçin.

Le Bienheureux.

2. Les poètes appellent renoncement la
renonciation aux œuvres du désir ; et les
savants appellent abnégation l'abandon du
fruit de toutes les œuvres.

3. Quelques sages disent que toute œuvre
dont il faut faire l'abandon est une sorte de
péché : d'autres disent qu'on ne doit pas le
faire pour les œuvres de piété, de munificence et d'austérité.

4. Écoute maintenant, ô le meilleur des

Bhàratas, mon précepte touchant l'abnégation. Chef des guerriers, il en faut distinguer trois sortes.

5. On ne doit pas renoncer aux œuvres de piété, de charité, ni de pénitence : car un sacrifice, un don, une pénitence, sont pour les sages des purifications.

6. Mais quand on a ôté le désir et renoncé au fruit de ces œuvres, mon décret, ma volonté suprême est qu'on les fasse.

7. La renonciation à un acte nécessaire n'est pas praticable : une telle renonciation est un égarement d'esprit et naît des ténèbres.

8. Celui qui, redoutant une fatigue corporelle, renonce à un acte et dit : « Cela est pénible, » n'agit là que par instinct et ne recueille aucun fruit de son renoncement.

9. Tout acte nécessaire, Arjuna, s'accomplit en disant : « Il faut le faire, » et si l'auteur a supprimé le désir et abandonné le fruit de ses œuvres, c'est l'essence même de l'abnégation.

10. Un homme en qui est l'essence de l'abnégation, un homme intelligent et à l'abri du doute, n'a ni éloignement pour

un acte malheureux, ni attache pour une
œuvre prospère.

11. Car il n'est pas possible que l'homme
doué d'un corps, s'abstienne absolument
de toute action : mais s'il s'est détaché du
fruit de ses actes, dès lors il pratique l'abnégation.

12. Désirée, non désirée, mêlée de l'un et
de l'autre, telle est après la mort la triple
récompense de ceux qui n'ont point eu
d'abnégation, mais non de ceux qui l'ont
pratiquée.

13. Apprends de moi, ô guerrier, les
cinq principes proclamés par la théorie
démonstrative comme contenus dans tout
acte complet.

14. Ce sont, d'une part, la puissance
directrice, l'agent et l'instrument : de l'autre, les efforts divers, et en cinquième lieu,
l'intervention divine.

15. Toute œuvre juste ou injuste que
l'homme accomplit en action, en parole ou
en pensée, procède de ces cinq causes.

16. Cela étant, celui qui, par ignorance,
se considère comme l'agent unique de ses
actes, voit mal et ne comprend pas.

17. Celui qui n'a pas l'orgueil de soi-
même, et dont la raison n'est point obs-

curcie, tout en tuant ces guerriers, n'est pas pour cela un meurtrier et n'est pas lié par le péché.

18. La science, son objet, son sujet, tel est le triple moteur de l'action : l'organe, l'acte, l'agent, telle est sa triple compréhension.

19. La science, l'action et l'agent sont de trois sortes selon leurs qualités diverses. La théorie des qualités l'ayant été exposée, écoute ce qui s'ensuit :

20. Une science qui montre dans tous les êtres vivants l'être unique et inaltérable, et l'indivisible dans les êtres séparés, est une science de vérité.

21. Celle qui, dans les êtres divers, considère la nature individuelle de chacun d'eux, est une science instinctive.

22. Une science qui s'attache à un acte particulier comme s'il était tout à lui seul, science sans principes, étroite, peu conforme à la nature du vrai, est appelée science de ténèbres.

23. Un acte nécessaire, soustrait à l'instinct et fait par un homme exempt de désir et de haine et qui n'aspire pas à la récompense, est un acte de vérité.

24. Un acte accompli avec de grands

efforts pour satisfaire un désir ou en vue de soi-même, est un acte de passion.

25. Un acte follement entrepris par un homme, sans égard pour les conséquences, le dommage ou l'offense, et pour ses forces personnelles, est un **acte de ténèbres**.

26. L'homme dépourvu de passion, d'égoïsme, doué de constance et de courage, que le succès ou les revers ne font point changer, est un agent de vérité.

27. L'homme passionné, aspirant au prix de ses œuvres, avide, prompt à nuire, impur, livré aux excès de la joie ou du chagrin, est un agent de passion.

28. L'homme incapable, vil, obstiné, trompeur, négligent, oisif, paresseux, toujours prêt à s'asseoir et à traîner en longueur, est un agent de ténèbres.

29. Écoute aussi, ô vainqueur des richesses, pleinement et dans ses parties, la triple division de la raison et de la persévérance, selon les qualités personnelles.

30. Une raison qui connaît l'apparition et la terminaison des choses à faire ou à éviter, de la crainte et du courage, du lien et de la délivrance, est une raison de vérité.

31. Celui qui distingue confusément le juste et l'injustice, ce qu'il faut faire ou éviter, est une raison instinctive.

32. Un esprit enveloppé d'obscurité, qui appelle juste l'injuste et intervertit toutes choses, ô fils de Prithà, est une raison ténébreuse.

33. Une persévérance qui retient les actes de l'esprit, du cœur et des sens dans une Union mystique invariable, est une persévérance conforme à la vérité.

34. Celle, ô Arjuna, qui poursuit le bien, l'agréable et l'utile, dirigée selon l'instinct, vers le fruit des œuvres, est une persévérance de passion.

35. Une persévérance inintelligente qui ne délivre pas l'homme de la somnolence, de la crainte, de la tristesse, de l'épouvante et de la folie, est de la nature des ténèbres.

36. Écoute encore, ô prince, les trois espèces de plaisir. Quand un homme, par l'exercice, se maintient dans la joie et a mis fin à la tristesse,

37. Et quand pour lui, ce qui d'abord était comme un poison est à la fin comme une ambroisie : alors son plaisir est appelé véritable ; car il naît du calme intérieur de sa raison.

38. Celui qui, né de l'application des sens à leurs objets, ressemble d'abord à l'ambroisie et plus tard à du poison, est un plaisir de passion.

39. Celui qui, favorisé par l'inertie, la paresse et l'égarement, n'est à sa naissance et dans ses suites qu'un trouble de l'âme, est pour cela un plaisir de ténèbres.

40. Il n'existe ni sur terre, ni au ciel parmi les dieux, aucune essence qui soit exempte de ces trois qualités issues de la nature.

41. Entre les Brâhmanes, les Xatriyas, les Vicas et les Çûdras, les fonctions ont été partagées conformément à leurs qualités naturelles.

42. La paix, la continence, l'austérité, la pureté, la patience, la droiture, la science avec ses distinctions, la connaissance des choses divines : telle est la fonction du Brâhmane, née de sa propre nature.

43. L'héroïsme, la vigueur, la fermeté, l'adresse, l'intrépidité au combat, la libéralité, la dignité d'un chef : voilà ce qui convient naturellement au Xatriya.

44. L'agriculture, le soin des troupeaux, le négoce, sont la fonction naturelle du

Viça. Enfin servir les autres est celle qui appartient au Çûdra.

45. L'homme satisfait de sa fonction, quelle qu'elle soit, parvient à la perfection. Écoute toutefois comment un tel homme peut y parvenir.

46. C'est en honorant par ses œuvres celui de qui sont émanés les êtres et par qui a été déployé cet Univers, que l'homme atteint à la perfection.

47. Il vaut mieux remplir sa fonction, même moins relevée, que celle d'autrui, même supérieure ; car en faisant l'œuvre qui dérive de sa nature, un homme ne commet point de péché.

48. Et qu'il ne renonce pas à remplir son œuvre naturelle, même quand elle semble unie au mal : car toutes les œuvres sont enveloppées par le mal, comme le feu par la fumée.

49. L'homme dont l'esprit s'est dégagé de tous les liens, qui s'est vaincu soi-même et a chassé les désirs, arrive par ce renoncement à la suprême perfection du repos.

50. Comment, parvenu à ce point, il atteint Dieu lui-même, apprends-le de moi en résumé, fils de Kunti : car c'est là le dernier terme de la science.

51. La raison purifiée, ferme en son cœur, soumis, détaché du bruit et des autres sensations, ayant chassé les désirs et les haines.

52. Seul en un lieu solitaire, vivant de peu, maître de sa parole, de son corps et de sa pensée, toujours pratiquant l'Union spirituelle, attentif à écarter les passions.

53. Exempt d'égoïsme, de violence, d'orgueil, d'amours, de colère, privé de tout cortège, ne pensant pas à lui-même, pacifié : il devient participant de la nature de Dieu.

54. Uni à Dieu, l'âme sereine, il ne souffre plus, il ne désire plus. Egal envers tous les êtres, il reçoit mon culte suprême :

55. Par ce culte, il me connaît, tel que je suis, dans ma grandeur, dans mon essence ; et me connaissant de la sorte, il entre en moi et ne se distingue plus.

56. Celui qui, sans relâche, accomplit sa fonction en s'adressant à moi, atteint aussi, par ma grâce, à la demeure éternelle et immuable.

57. Fais donc en moi par la pensée, le renoncement de toutes les œuvres ; prati-

que l'Union spirituelle, et pense à moi toujours ;

58. En pensant à moi, tu traverseras par
ma grâce tous les dangers ; mais si, par
orgueil, tu ne m'écoutes, tu périras.

59. T'en rapportant à toi-même, tu te
dis : « Je ne combattrai pas » ; c'est une
résolution vaine ; la nature te fera violence.

60. Lié par ta fonction naturelle, fils de
Kunti, ce que dans ton erreur tu désires
ne pas faire, tu le feras malgré toi-
même.

61. Dans le cœur de tous les vivants, Arjuna, réside un maître qui les fait mouvoir
par sa magie comme par un mécanisme
caché.

62. Réfugie-toi en lui de toute ton âme,
ô Bhârata ; par sa grâce, tu atteindras à la
paix suprême, à la demeure éternelle.

63. Je t'ai exposé la science dans ses
mystères les plus secrets. Examine-la tout
entière, et puis agis selon ta volonté.

64. Toutefois écoute encore mes dernières
paroles où se résument tous les mystères,
car tu es mon bien-aimé ; mes paroles te
seront profitables.

65. Pense à moi ; sers-moi ; offre-moi le

sacrifice et l'adoration : par là, tu viendras à moi ; ma promesse est véridique, et tu m'es cher.

66. Renonce à tout autre culte ; que je sois ton unique refuge : je te délivrerai de tous les péchés : ne pleure pas.

67. Ne répète mes paroles ni à l'homme sans continence ni à l'homme sans religion, ni à qui ne veut pas entendre, ni à qui me renie.

68. Mais celui qui transmettra ce mystère suprême à mes serviteurs, me servant lui-même avec ferveur, viendra vers moi sans aucun doute ;

69. Car nul homme ne peut rien faire qui me soit plus agréable ; et nul autre sur terre ne me sera plus cher que lui.

70. Celui qui lira le saint entretien que nous venons d'avoir, m'offrira par là-même un sacrifice de science : telle est ma pensée.

71. Et l'homme de foi qui, sans résistance, l'aura seulement écouté, obtiendra aussi la délivrance et ira dans le séjour des bienheureux dont les œuvres ont été pures.

72. Fils de Prithâ, as-tu écouté ma parole en fixant ta pensée sur l'Unité ? Le trouble

de l'ignorance a-t-il disparu pour toi, prince généreux ?

Arjuna.

73. Le trouble a disparu. Dieu auguste, j'ai reçu par ta grâce la tradition sainte. Je suis affermi : le doute est dissipé ; je suivrai ta parole.

Sanjaya.

74. Ainsi, tandis que parlaient Vâsudêva et le magnanime fils de Prithâ, j'écoutais la conversation sublime qui fait dresser la chevelure.

75. Depuis que, par la grâce de Vyâsa, j'ai entendu ce mystère suprême de l'Union mystique exposé par le maître de l'Union lui-même, par Krishna :

76. O mon roi, je me rappelle, je me rappelle sans cesse ce sublime, ce saint dialogue d'Arjuna et du guerrier chevelu, et je suis dans la joie toujours, toujours.

77. Et quand je pense, quand je pense encore à cette forme surnaturelle de Hari, je demeure stupéfait et ma joie n'a plus de fin.

78. Là où est le maître de l'Union Krishna, là où est l'archer fils de Prithà, là aussi est le bonheur, la victoire, le salut, là est la stabilité : telle est ma pensée.

Fin de la Bhagavad-Gîtà

QUE TOUS LES ÊTRES SOIENT HEUREUX !

TABLE

———

Saint-Amand (Cher). — Imprimerie BUSSIÈRE.